오늘은
죽음의
날입니다

오늘은 죽음의 날입니다

초판 1쇄 2019년 5월 31일

글쓴이 | 설흔
펴낸곳 | 도서출판 단비
펴낸이 | 김준연
편집 | 최유정
디자인 | 구민재page9
등록 | 2003년 3월 24일(제2012-000149호)
주소 | 경기도 고양시 일산서구 일중로 30, 505동 404호(일산동, 산들마을)
전화 | 02-322-0268
팩스 | 02-322-0271
전자우편 | rainwelcome@hanmail.net

ⓒ설흔, 2019

ISBN 979-11-6350-016-2 43810

값 11,000원

단비 청소년 문학 42.195 26

오늘은 죽음의 날입니다

설흔 장편소설

단비
danbi

공포를 기다리던 흰 종이들아

망설임을 대신하던 눈물들아

— 빈집, 기형도

우리가 살아온 모든 삶과 살아갈 모든 삶

나무들과 철 따라 달라지는 이파리들로 가득하다네

— 루리아나 루릴리, 찰스 엘턴

지난 11월 1일 오후 일곱 시경 S중 3학년 서 모 군(15)이 성현대교에서 뛰어내린 것을 B여고 2학년 최 모 양(17)이 목격하고 경찰에 신고. 경찰은 잠수부를 동원해 사를 동안 수색했으나 서 모 군을 찾지는 못했다. 최 모 양에 따르면 이날 오후 서 모 군이 자신의 집으로 찾아와 함께 외출하자고 해 성현대교를 찾았는데 갑자기 다리 중간쯤에서 강물로 뛰어들었다는 것. 경찰은 서 모 군이 최 모 양에게 사랑을 고백했다가 거절당하자 자살을 한 것으로 추정.

— B일보 사회면 단신

1.

오늘이 죽음의 날이란 거 알아?

교정에 오토바이가 지나갔다. 운전자가 외친 톨레도, 소리에 고개를 들었다. 오토바이도, 소리도 없었다. 기계와 굉음, 제대로 들었는지 확신할 수 없는 뜻 모를 외침이 사라진 자리를 바람 한 줄기가 거칠게 달려들어 움켜쥐었다. 내 할머니의 굽은 손가락이 머리에 뚝뚝 떨어졌다. 들고 있던 샌드위치를 나와 주미 사이, 단풍잎 사체들이 이미 서넛씩 층 지어 합장된 공간에 내려놓았다. 손은 차가웠다. 두 손에 입김을 후우, 해질녘 휘파람으로 불어넣었다. 손바닥은 금방 따뜻해졌다. 여전히 냉랭한 손목은 바늘에 찔린 듯 따끔했고, 손가락 사이로는 알싸한 생마늘 냄새가 났다. 여학생들이 주로 찾는 햄에그 샌드위치였다. 대학교 1학년의 주머니 사정에 비추어 볼 때 값도 적당했고, 연못 앞 벤치에 앉아 사람과 자연이 함께 연출한 풍경을 감상하거나 우리 식의 고요한 수다를 떨며 먹기에도 안성맞춤이어서 어제, 그제도 집어 들었지만 마늘 냄새는 못 맡았다. 도대체 어디서 온 거지?

고개를 돌려 눈에 띄는 단서를 찾았다. 떠들썩하던 벤치는 텅 비었고 거칠기는커녕 마르다 못해 초췌한 바람이 불었다. 삼삼오오 무리지어 바쁘게 걸어가는 학생들도, 점심시간마다 연못 초입의 비좁은 공간에서 낡아 빠진 청동기 유물인 족구를 시도하는 복학생들도 없었다. 하늘엔 까치도 없었고, 연못엔 청둥오리 한 마리도 보이지 않았다. 조금 전까지 웃음 지으며 샌드위치를 팔던 건너편 간이매점의 눈을 지나치게 성형한 여주인도, 쉴 새 없이 건물을 출입하던 학생들도 일제히 사라졌고, 교정 곳곳에서 불꽃놀이 하듯 불시에 터져 나오던 왁자지껄한 소리들도 더 이상 들리지 않았다. 학교 전체가 일시에 텅 비어 버렸다. 생명의 흔적은 사라졌고 잿빛 돌로 만든 오래된 건물들만 캄브리아기의 추억이 되어 덩그러니 남았다. 구름 한 점 없이 맑은 수요일 정오였다. 온도와 바람과 습도는 시기에 맞춤했다. 땅이 흔들리지도 않았으며, 우박도, 번개도, 쌍무지개도 없었다. 이게 도대체 무슨 일일까?

주미에게 물어보려는데 돌연 풍경이 바뀌었다. 옆 벤치에 앉은 남학생들이 리그 오브 레전드에서… 포크나이트는 지옥 어쩌고저쩌고, 떠드는 소리가 들렸다. 건너편 간이매점 앞에는 가을 뱀처럼 울긋불긋하고 긴 줄이 꿈틀거리며 이어졌고, 왼편 민주 광장에선 노래 패가 목이 긴 젬베를 두드리며 목청을 가다듬는 모습이, 그 옆 농구장에선 붉고 푸른 조끼까지 갖춰 입고 경기에 열중하는 학생들이 건물과 건물 사이를 바쁘게 오가는 이들 사이로 언뜻언뜻 보였다. 인간의 활동에 무심한 청둥오리는 바람에 날리는 단풍잎을 달관한 선사처럼 이마로 받아 내며 유유히 물놀이를 즐겼고, 나무에 앉아 고개 모으고 재잘거리던 까치 몇 마리는 출발 총성을 들은 백 미터 주자들처럼 갑자기 가지를 밀어내고 하늘로 뛰어올랐으며, 내 손가락 사이에선 기름에 달짝지근하게 볶은 양파 냄새가 났다. 오늘이 죽음의 날이란 거 알아?

주미가 샌드위치를 한 입 베어 먹으며 내게 물었다. 주미가 먼저 묻다니 우리가 만난 후 처음 있는 특별한 사건 같았다. 질문하는 주미의 턱에 케첩이 흘렀다. 내 눈빛을 읽은 주미는 무심하게, 허술하게 웃으며 냅킨으로 턱을 쓱 닦은 후 하던 말을 이었다. 멕시코에선 해골 장식품을 목에 걸거나 해골 가면을 쓰고 다닌대. 눈 어둡고 배고픈 죽은 자들을 위해 거리 곳곳을 촛불로 밝힌 후 토르티야를 내놓기도 하고. 아참, 아직은 죽음의 날이 아닌지도 모르겠다. 시차가 있으니까. 지금 멕시코는 시월의 마지막 날일까, 십일월의 첫날일까?

시차 따위는 중요하지 않았다. 주미의 입에서 죽음이란 단어가 두 번째로 나온 순간 내 좁은 머릿속은 이미 죽음으로 가득 차 있었으니까. 실험용 흰쥐의 매끈하게 붉은 피부가 사진처럼 찰칵 머리에 떠올랐다. 오전에 있었던 생리심리학 시간의 일이었다. 우리가 해야 할 과제는 절개된 쥐의 등을 꿰매는 것이었다. 수업 계획서를 미리 살펴봐서 언젠가 해야 할 날이 오리란 사실은 알았지만 오늘일 줄은 몰랐다. 수업은 계획서에 적힌 순서대로 이루어지지는 않았으니까. 마취되고 절개된 쥐는 살아 있는 것처럼 보이지 않았다. 쥐의 호흡은 미약했고 빳빳했던 수염은 처졌다. 피도 흐르지 않았고 움직임도 전혀 없었다. 생명체라기보다는 쓰레기통에 버려지기 직전의 무용하고 파괴된 사물에 더 가까웠다. 조교는 손바닥을 부딪치며 으름장을 놓았다. 모두가 제대로 꿰맬 때까지 이 수업은 끝나지 않습니다. 전공 필수로는 이 수업 딱 한 번뿐이니 집중하시고요.

의예과도 생물학과도 아닌 심리학과에서 쥐를 꿰매다니, 입학하기 전까지는 상상도 못 했던 일이었다. 나를 심리학과로 이끈 건 프로이트였지 실험용 흰쥐가 아니었다. 나를 매혹한

건 한 권의 책이었지 미동도 없어 살았는지 죽었는지 두 눈 부
릅뜨고 코끝을 자세히 관찰하지 않고는 구분하기도 어려운 생
물이 아니었다. 생리심리학은 전공 필수 과목이었다. 쥐를 꿰
매지 못하면 프로이트도 없다는 뜻이었다. 대학 생활과 미래도
연기가 되어 사라진다는 뜻이었다. 간단한 설명과 시범이 끝나
고 실습의 시간이 왔다. 매끄럽고 차가운 나일론 봉합사를 바
늘에 꿰고 겸자로 피부를 살짝 잡았다. 겸자를 통해 생생히 전
해지는 출렁거리는 느낌에 놀라 곧바로 손을 뗐다. 옆에 선 주
미를 봤다. 나에 비하면 주미는 숙련된 외과의였다. 버스 손잡
이 잡듯 무심히 피부를 잡고 곧장 바늘을 꽂더니 순식간에 봉
합을 끝냈다. 내 시선을 알아챈 주미는 그제야 빙긋 웃었고, 난
울상과 고갯짓으로 답했다. 주미가 위로했다. 괜찮아, 죽은 거
나 마찬가지인걸. 난 괜찮지가 않아. 벌레도 못 잡는단 말이야.
　삼사 미터 떨어진 곳에서 조교의 경계경보가 떨어졌다. 이
무지막지한 인간아, 꿰매랬지 쥐 잡으랬니? 여기가 도살장이
냐? 긴장과 불안과 초조에 유희와 동조, 가벼운 비웃음이 섞인
모호한 웃음소리가 약간의 시차를 두고 속속 터졌다. 난 웃음
거리가 되고 싶지 않았다. 제시간에 이 우울한 교실을 빠져나
가 투신하는 단풍잎이 녹슨 총알처럼 팡팡 떨어지는 늦가을 교
정을 만끽하고 싶었다. 이를 악물고 겸자를 들어 피부를 조심

스럽게 잡았다. 출렁이고 물컹거리는 감각과 함께 쥐가 움찔하는 게 느껴졌다. 쥐는 살아 있었다. 내가 잡은 건 하나의 생명이었고 내가 모르는 세계였다. 경이롭기보다는 두렵고 혐오스러웠다. 난 산모도 조물주도 아니었다. 손을 떼고 싶은 마음을 간신히 억누르고 바늘을 피부로 가져갔다. 피부에 닿는 순간 찌르르 손목이 저렸다. 호흡이 가빠졌다. 머리가 멍했다. 이를 악물었다. 견뎌야 했다. 여기서 끝내야 했다. 고개를 반대편으로 돌린 채 손에 힘을 주었다. 그 순간 나는 깨달았다. 내가 쥐를 오해 내지 과소평가했다는 것을. 쥐의 피부는 내가 생각했던 것보다 더 강인했다. 살아서 저항하는 피부에 바늘을 찔러 넣는 건 차마 못 할 일이었고 할 수도 없는 일이었다. 나는 어설픈 고뇌로 무겁게 휜 바늘을 내려놓았다. 주미를 보며 고개를 저었다. 주미는 내 마음을 읽었다. 조교의 위치를 확인한 주미는 순식간에 도구를 들어 내 쥐를 봉합했다. 내가 본 건 마술이었다. 겸자와 가위를 내려놓기 무섭게 조교가 다가왔다. 조교는 우리 둘의 얼굴을 번갈아보았다. 나는 조교를 보며 빙긋웃었다. 빨리하긴 했는데 좀 거칠다. 얘들이 깨어나면 별로 좋아할 것 같진 않네. 너희들이 보기에도 그렇지?

조교의 말이 옳았다. 반듯한 처치는 아니었다. 주미가 시도한 단순 단속 봉합은 성형외과 쪽과는 거리가 멀었고 미숙한 외과 인턴의 첫 작업으로 보기에도 문제가 많았다. 아무래도 좋았다. 흰쥐의 피부나 봉합하려고 심리학과에 온 건 아니니까. 대학원에 진학해 생리심리학을 전공으로 택하지 않는 한 징그럽게 속살을 드러내고 누운 흰쥐와는 영영 이별이니까. 그 순간 주미는 나를 구한 신이었다.

주미는 햄에그 샌드위치를 거의 다 먹었다. 아참, 한 시에는 통계 수업이 있었지. 주미를 따라잡으려고 샌드위치를 들었다가 다시 내려놓았다. 한 입 베어 먹은 샌드위치가 뇌의 단면처럼 보였다. 일주일 전, 역시 생리심리학 시간에 슬라이드로 본 뇌의 단면은 기계로 절단한 식빵 조각과 쌍둥이었다. 살아 있는 사람의 뇌를 꺼내 먹은 게 마야인이었나, 잉카인이었나, 아즈텍인이었나? 아니 피라미드 제단에서 그들이 기도하고 경건하게 나눠 먹은 건 뇌가 아니라 심장이었나? 머리 좋아진다며 불과 서너 해 전까지 할머니가 누런 숟가락으로 억지로 떠먹여 주던 닭의 뇌가, 꼬치에 단정하게 꽂혀 있던 학교 앞 주점의, 주미와 세 번째 만나던 날 갔던, 진갈색 염통이 차례로 떠올랐다. 뇌건, 심장이건 샌드위치를 먹기는 글렀다. 이번 주엔 샌드위치를 먹지 말아야지. 나는 닭의 뇌와 심장으로 만들어진 샌드위치를 엄지와 검지로 살짝 집어 종이봉투에 넣은 후 주미에게 투정을 부렸다. 이건 내가 생각한 심리학이 아니야.

13

쥐를 절개한다고 어떻게 인간의 마음에 대해 알 수 있니? 의식도 없는 쥐와 살아 있는 인간이 같아?

크게 다를 건 없지 않을까? 살아 있는 생물이고, 포유류이고, 피와 살이 있으니까.

정말 그렇게 생각해?

샌드위치의 마지막 조각을 입에 넣은 주미는 손을 탁탁 털곤 냅킨으로 입을 닦으며 결론을 지었다. 결국엔 죽는 것도 똑같고.

노자의 막내딸 같은 주미의 대답에 할 말을 잃었다. 어떤 면에서 주미는 정말 도인 같았다. 내 생각에 주미는 심리학과에서 가장 예쁜 아이였다. 안경을 벗어서 주름진 티셔츠 자락에 무심히 닦을 때, 손으로 머리를 쓱쓱 빗어 넘길 때, 턱을 괴고 창밖을 보며 입술을 조금 벌린 채 골똘히 무언가를 생각할 때 주미는 같은 여자인 내가 봐도 정말 예뻤다. 주미의 아름다움을 인지하는 애들은 거의 없다. 얼굴의 절반을 가리는 검은 뿔테 안경, 사흘 전에 감았는지조차 의심스러운 거칠고 헝클어진 머리, 기초 로션도 안 바른 것 같은 윤기 없는 얼굴색, 교복처럼 일주일에 사나흘씩은 입고 다니는 낡은 국방색 점퍼 때문일 것이다. 아니다. 겉모습은 별문제가 되지 않는다. 혼자서만 사막에 거주하는 것 같은, 주미의 등에서 풍겨 나오는 기린 뿔

같은 독특한 존재감이 오히려 문제의 핵심처럼 보인다. 뭐랄까, 다들 볕 잘 드는 남향 아파트에 사는데 혼자만 K‒9 구역(예를 들자면)의 동굴 생활을 고집하는 격이라고나 할까? 주미는 걸어 다니는 그늘이었다. 그늘치고도 너무 짙은 그늘이어서 무시하려야 무시할 수도 없었다. 그래서 아예 고개를 돌리게 만드는. 학교에 입학한 후 한 달 넘는 기간 동안 언뜻언뜻 마주쳤던 주미의 아름다움에 깜짝깜짝 놀라면서도 옆에서, 뒤에서 말도 제대로 못 걸고 수줍은 스토커처럼 지켜보기만 했던 것은 바로 그 그늘이 두려워서였다. 한 번 발을 디디면 곧바로 정교하고 진득한 거미줄에 사로잡힐까 봐, 그 음울하고 완벽하게 충만한 세계에 갇혀 영원히 밖으로 나오지 못할까 봐, 아니 나 스스로 밖으로 나오지 않으려 할까 봐. 때 이르게 내린 5월의 소나기가 내게 용기를 선물했다. 날짜는 잘 기억나지 않는 그날 오후 예고도 없이 갑작스레 비가 퍼부었다. 하늘은 순식간에 낮에서 밤으로 변신했고 내리는 비의 양은 소나기의 차원을 넘어서 폭우에 근접했다. 공습을 받은 학교가 일순간 요란해졌다. 건물 밖에서 대화를 주고받거나 풍물놀이를 연습하거나 책을 읽거나 휴식하거나 공을 갖고 놀거나 기도하거나 손을 들어 구호를 외치거나 춤을 추던 학생들이 비를 피해 건물 안으로 일제히 돌진하고 있는데 오직 한 사람, 주미만

이 흐름을 역행해 교문을 향해 걷고 있었다. 점퍼에 달린 모자를 쓰고 있긴 했지만 어마어마하게 내리는 비를 막을 만한 수단은 전혀 못 되었다. 주미는 등을 살짝 굽힌 채 새로 생긴 물바다를 거북처럼 느릿느릿 헤쳐 나갔다. 낮은 언덕 위에 자리한 문과대 건물 입구에 서서 주미를 바라보며 거북아, 거북아로 시작하는 구지가를 외웠다. 머리를 내놓지 않으면… 나는 주술을 중단하고 주미를 향해 달려갔다. 우산도 모자도 이유도 없이 달려온 나를 보고도 주미는 전혀 놀라지 않았다. 늘 알고 지내던 이를 본 것처럼, 나의 진입을 오백 년 전부터 예상했던 히브리 예언자처럼 그저 소리 없는 웃음만 한 번 지었을 뿐. 우리는 학교 앞 유기농 카페에서 따뜻한 차를 마셨다. 내가 고흥 유자차를 주문하자 주미는 나도, 하고 말했다. 3,4분 후 나온 유자차는 내 기대보다는 덜 시큼하고 덜 달콤했다. 유기농이라서 그랬던 걸까? 고흥산이라 그랬던 걸까? 손을 들어 설탕을 요구하려다가 주미가 맛이 참 좋네, 하고 느리게 칭찬했기에 직원을 부르려는 동작을 그대로 멈추고 고개를 끄덕였다. 우리는 싱거운 유자차를 천상의 음료처럼 마시며 처음 말문을 튼 친구들이 나눌 만한 평범한 이야기를, 이를테면 영화나 책, 음악 같은 기본 반찬들을 조금씩 나누어 먹었다. 뜻밖에도 주미는 대화를 잘했다. 말이 빠르거나 눈부신 재치가 돋

오늘은 죽음의 날입니다

보이는 건 아니었으나 낮고 안정된 목소리를 구사하며 대화의 호흡을 조절해 잠시도 귀를 뗄 수 없는 묘한 매력을 선사했다. 두 시간 후 카페 밖으로 나왔을 때 우리를 맞은 건 5월의 푸른 거리였다. 비의 폭격을 견뎌 낸 거리는 자부심으로 밝게 빛이 났다. 그날 밤 침대에 누운 나는 수줍음 많고 자신감 없는 내가 어떻게 주저 없이 주미에게 달려갈 수 있었나를 생각했다. 결론은 하나뿐이었다. 소나기 때문이었다. 하늘이 블랙홀에 먹힌 듯 검어졌고 소나기가 이구아수폭포처럼 넓고 깊게 퍼부어서 주미의 그늘이 전혀 보이지 않았기 때문이었다.

채 자라지 못한 어린 단풍잎 하나가 머리에 떨어졌다. 손에 들고 잠깐 보다가 두 손바닥으로 무심히 비볐다. 영원불멸의 미라를 소원하던 단풍잎은 매정한 조물주의 손길을 견디지 못하고 순식간에 가루가 되었다. 이것이 바로 색즉시공인 걸까? 주미와 있다 보면 나도 가끔 도인처럼 된다. 손을 털어 가루와 싱거운 생각을 동시에 허공에 날리고는 주미에게 아무렇지도 않은 척 물었다. 왜 하필 심리학과에 들어왔어?

나는 묻고 주미는 대답한다, 우리의 주된 대화 방식이었다. 주미는 먼저 묻는 법이 거의 없었다. 물으면 대답하지 않는 경우도 없었다. 주미는 완벽한 응답자였다. 늘 내 질문을 곰곰 생각한 후 밑줄과 주석까지 덧붙여 정성껏 대답하곤 했다. 이번엔 달랐다. 어젯밤부터 미리 매복해 있어 눈에 핏발이 선 게 릴라의 성마르고 날카로운 답이 튀어나왔다. 과 이름에 마음이 들어 있잖아.

들고 보니 꼭 주미다운 대답이었다. 주미와 친해지기 전, 외톨이로 지낼 작은 용기마저 없었던 나는 먼저 손을 내민 몇몇 아이들과 잠시 어울려 다닌 적이 있었다. 한두 번 만난 후 나눈 화제가 바로 심리학과에 입학한 이유였다. 가장 마음에 들었던 대답은 아슬아슬하게 붙을 것 같은 예감이 들어서였고, 가장 난감했던 대답은 아빠가 심리학과 교수라서 백을 믿고 지원했다는 거였다. 대답이 나올 때마다 아이들은 환호하고 웃었다. 열한 살짜리가 만든 아기 고양이 유튜브 영상처럼 밝고 경쾌한 아이들 앞에서 프로이트라는 지난 세기의 낡고 침울한 이름을 내놓긴 민망했다. 심리학개론 수업 첫 시간에 교수는 심리학은 과학이라고 침대 파는 사람처럼 잔뜩 힘을 주어 말하지 않았던가? 교수가 비과학 내지 신화의 사례로 든 이름이 바로 프로이트였다. 나는 그냥 멋있어 보여서, 라고 말하곤 어깨를 으쓱해 보였다. 별것도 아닌 대답에 아이들은 재미있다며 박수 치고 깔깔거렸지만 내 등엔 땀 한 줄기가 쭉 흘러내렸다. 내겐 너무 밝은 아이들이었다. 그늘도 두려웠지만 내리꽂히는 햇살은 더 무서웠다. 그 아이들이 주미의 대답을 들었다

오늘은 죽음의 날입니다

면 어떤 표정을 지었을까?

주미의 대답 탓이었을까, 내 머릿속에 나쓰메 소세키의 소설 마음이 떠올랐다. 예민하면서도 정신과 내장이 살짝 뒤틀린 주인공 선생은 프로이트의 '낡은' 이론으로 분석하기에 딱 맞는 인물이었다. 비과학과 신화는 심리학에는 부적격이었지만 문학엔 유용했다. 나는 연못 옆에 서 있는 고양이 상을 가리키며 물었다. 학교의 상징이 고양이라니, 웃기지 않니? 설립자가 나쓰메 소세키의 팬이었나?

주미는 안경을 벗어 티셔츠에 닦은 후 잠깐 살폈다가 다시 쓰고는 대답과 질문을 동시에 했다. 고양이는 아홉 번 죽는대. 그럼 고양이의 마음은 아홉 개인 걸까, 하나인 걸까? 아니, 마음이란 게 원래 있기는 한 걸까?

가벼운 마음으로 던진 밝은 조약돌 같은 질문이었는데 1톤짜리 검은 바위가 날아왔다. 내게도 안경이 있다면 벗어서 닦으며 시간을 벌고 싶었다. 눈을 세게 비비고 고양이 대신 개를 생각했다. 할머니의 개, 늙은 개, 못난 개, 병든 개, 죽은 개. 할머니가 폐렴으로 병원에 입원한 후 할머니의 개를 돌보는 건 내 일이 되었다. 까다로운 개는 내게 마음을 주지 않았다. 우리 가족이 아버지의 지시에 따라 포복하다시피 깊숙이 고개 숙이고 할머니 집으로 들어온 건 벌써 십 년 전이었다. 개는 그때도

있었으니 나와 개의 인연 또한 십 년이었다. 개는 그 십 년 내
내 나를 본 체 만 체했다. 교외에 있는 할머니 소유의 고깃집
송원 가든의 공동지배인 자리를 얻어 이삼 일에 한 번씩 번갈
아 가며 집에 오는 엄마와 아빠에게도 마찬가지였다. 머릿속
관심 대상 목록에서 우리 가족을 조기 탈락시킨 개는 할머니
만 반겼고 할머니에게만 졸랐고 할머니에게만 화를 냈고 할머
니 곁에서만 잠을 잤다. 개의 마음을 표현할 유일한 단어는 일
편단심이었다.(고양이는 몰라도 개의 마음은 분명 하나뿐이었
다. 개에게도 마음이 있다면.) 할머니가 집을 잠시 떠난 동안
에도 사정은 달라지지 않았다. 보호자, 혹은 동반자를 잃고 혼
란에 빠진 개는 낮에는 할머니 방을 끊임없이 기웃거렸고 밤
이 되면 할머니 방의 문을 긁으며 낑낑거렸으며 갑자기 미친
듯 달리다가 멈춰 서너 시간씩 한 자리에서 꼼짝도 안 하거나
대소변을 못 가리는 퇴행 증세까지 보였다. 내가 개에게 건네
는 위로 ─ 괜찮아, 곧 오실 거야. ─ 내지 엄포의 말은 ─ 똥개
새끼 갖다 버린다! ─ 귀를 스치며 지나가는 바람만도 못 했다.
개에게 나는 그저 밥을 주고 똥오줌을 치우는 얼굴 없는 하인
일 뿐이었다. 할머니의 부재를 받아들이지 못한 개는 퇴행을
넘어서 급격히 침울해져 갔다. 산책을 데리고 나가도 길 중간
에서 갑자기 멈추곤 더 이상 움직이지 않았고, 집 안을 질주하

오늘은 죽음의 날입니다

지도, 어슬렁거리며 돌아다니지도 않았고, 늘 곁에 두던 삑삑 소리 나는 곰 인형 장난감을 발로 툭툭 건드리지도 않았다. 개는 그저 하루 종일 할머니 방 문 앞에 누워 잠만 잤다. 그러던 어느 날 아침 개에게 밥을 주는데 내 눈을 보며 길게 울었다. 그 울음을 뭐라 표현해야 할지 모르겠다. 그런 소리는 들어 본 적이 없었다. 단말마의 비명이라는 사전 속의 통속적인 표현이 그때처럼 실감나게 다가온 적은 없었다. 마치 천년 묵은 우물 속의 돌처럼 깊고 무거운 어둠 한 덩이가 자 봐라, 하고 내 앞에 툭 떨어진 느낌이었다. 살아 있는 듯 뜨거운 김을 온 몸으로 내뿜고 있는 어둠을 정면으로 응시할 용기가 내겐 없었다. 내가 몸을 돌리자 개도 고개를 돌렸다. 개는 밥을 외면하고 자기 집으로 가 몸을 웅크렸다. 조금씩이라도 밥을 꼭 먹던 개였다. 밥의 힘으로 이십 년을 살았다고, 종간나 똥개 새끼 주제에 근성은 있다고, 할머니가 대견해하던 개였다. 그런 개가 밥에 등을 돌린 것이다. 학교에 갔다 온 후에도 밥은 그대로였다. 개의 자세 또한 그대로였다. 배가 느리게나마 불룩이는 걸 보니 살아 있기는 했다. 신뢰하기엔 너무 희미한 삶이었다. 불안했다. 엄마도, 아빠도, 할머니도 없는 집에 힘겹게 숨 쉬는 개와 단둘이 있기가 무서웠다. 엄마에게 전화를 했다. 접시 깨지는 소리가 들려서 개 이야기는 할 틈도 없었다. 이번 주에는 바빠서 아예 못 갈 것 같다는 대답이 속사포처럼 내 귀를 뚫었다. 전화를 끊은 나는 엄마를 욕했다. 쌍년. 불안하게 거실을 서성이다 결정을 내렸다. 전공 책을 사면서 받은 스누피 무릎 담요에 개를 단단히 싸서 동물병원으로 갔다. 짧은 진찰을 마친 수의사는 체온이 많이 떨어져서 며칠 못 살 것 같다고 말했다. 할 수 있는 건 다 해 볼 테니 일단은 두고 가라고 신문 읽듯 말했다. 앞의 말보다 뒤의 말이 더 귀에 들어왔다. 약은 약사에게, 동물은 수의사에게. 개의 생사에 대한 책임은 이제 수의사의 몫이었다. 그날 밤 나는 잠을 잘 잤다. 꿈속에서 엄마에게 사과도 하고 아양도 떨었다. 그러느라 열 살 소녀가 되었다. 아침에 나를 깨운 건 수의사의 전화였다.

원래 속담은 고양이는 아홉 번 산다, 아니었니?

주미는 잠깐 생각한 후 느리고 확실하게 선언했다. 아홉 번 사는 게 아홉 번 죽는 거지.

주미 식의 대답. 그러리라 예상했던 대답이었지만 직접 들으니 오히려 마음이 놓였다. 주미는 역시 K-9 구역 동굴의 거주자였다. 내겐 확실히 햇살보다는 그늘이 편했다. 주미의 그늘은 안락했으며 나를 밀어내지도 않았다. 나는 주미의 그늘에서 마음 놓고 숨을 쉴 수 있었다. 주미의 몸이 만든 작고 가는 그늘을 눈으로 쓰다듬으며 말했다. 나쓰메 소세키는 실은

오늘은 죽음의 날입니다

고양이보다 개를 더 좋아했대. 기르던 개가, 이름이 뭐였더라, 그리스 신 이름하고 비슷했는데… 아무튼 그 개가 죽었을 때는 추모 시까지 지었대. 그런데도 정작 본인은 고양이 소설로 유명해졌으니 인생이란 참 신기하지?

주미의 대답은 없었다. 나는 코를 킁킁거렸다. 또다시 마늘 냄새가 났다. 세상도 냄새에 정이 떨어진 듯 십이 평방 밀리미터만큼 뒤로 물러났다. 이번엔 주위를 오래 살필 필요가 없었다. 남학생 한 명이 해를 가리고 우리, 정확히 말하면 주미 앞에 서 있었다. 속으로 톨레도를 외쳤다. 이건 또 뭐지? 도대체 어디서 튀어나온 말인지 근원을 알 수 없는 단어. 갑자기 입 안이 모래 씹은 것처럼 버석거렸다. 낙엽 두 장이 툭툭 훈계하듯 경고하듯 무겁게 내 머리 위로 떨어졌다.

2.

머리카락에서 빗물처럼 뚝뚝 흘러내리는 물기를 닦을 생각도 하지 않은 채 지후는 물었다. 아이스크림 추가 선물 퀴즈. 물에 빠져서 나오지 못했는데 시신이 발견되지 않았어. 그 사람은 죽은 걸까, 죽지 않은 걸까?

둘이 함께 야구를 한 후였다. 지하철역, 또 지하철역을 지나쳐서 이십 분가량 걷다가 래미안 아파트 단지 끝과 도로 사이에 자리한 근린공원에 도착했을 때 지후는 갑자기 야구 하자, 하고 외쳤다. 우리에겐 공도 배트도 없었다. 흩어져서 도구를 찾았다. 테니스공을 발견한 건 지후였고, 부러진 나뭇가지를 찾은 건 나였다. 우리는 화단의 돌멩이로 루를 만들었고, 공원 끝자락에 표정 변화 없는 사천왕처럼 지루하게 버티고 선 은

행나무 두 그루를 외야 펜스로 삼았다. 지후는 은행나무를 맞히면 은행잎들이 샛노란 치어리더 춤을 출 거라고 질 낮은 농담을 던졌다. 나는 가벼운 웃음으로도 받아 주지 않았다. 나쁜 습관은 조기에 뿌리 뽑아야 하는 법이니까. 우리는 게임을 시작했다. 라오스 야구단에서도 됐어요, 마음만 받을게요, 하고 고개를 저을 열악한 장비로 엘에이 다저스와 뉴욕 양키즈의 라이벌 전에 버금가는 진지한 게임을 했다. 월드 시리즈 7차전을 치르듯 열심히 공을 던졌고, 쳤고, 달렸다. 아웃, 세이프를 놓고 갑론을박을 벌였으며, 안타와 파울을 더 정확하게 구분하기 위해 돌멩이로 새로 선을 그었다. 태도가 진지했다고 결과 또한 박빙이었던 것은 아니다. 경기는 일방적이었다. 지후는 박찬호 더하기 이승엽이었고 나는 2군에서조차 기량을 인정받지 못하고 조기 방출된 선수였다. 지후가 마지막으로 외쳤던 점수가 15대 1이었다. 그 뒤로도 점수는 한참 더 났지만 지후도, 나도 기계적으로 몸만 움직였을 뿐 점수 계산은 따로 하지 않았다. 다섯 번째 이닝이 끝났을 때 우리는 경기를 마무리하기로 합의했다. 지후는 그만하면 잘한 거라고 조롱에 가까운 위로를 던졌고 나는 개새끼, 한마디로 조용히 받아쳤다. 우리는 악수를 나누고 등을 토닥인 후 공원 화장실로 갔다. 지후는 얼굴을 적시고는 머리까지 감았고 나는 얼굴만 씻었다. 시간은 내가 더 오래 걸렸다. 귀밑과 뒷목까지 꼼꼼하게 씻다 보니 지후가 없었다. 휴지로 대충 얼굴을 닦고 서둘러 나왔다. 지후는 떠나지 않았다. 공원 벤치에 한쪽 다리를 올리고 고개를 숙이고 있었다. 그러곤 벤치로 와서 앉은 내 얼굴 위로 물을 떨어트리며 질문을 던진 것이다. 나는 지후의 질문에 답하지 않기로 했다. 무시? 아니었다. 답할 수 없는 질문에는 답하지 않는 게 소크라테스 식 예의인 법이다. 아이스크림에 눈이 멀어 오직 요행을 기원하며 논리도 정성도 없는 답변을 국회의원 출마자라도 되는 양 허공에 마구 내뱉을 수는 없는 법이다. 난 멍청하긴 해도 싸구려는 아니었으니까. 지후 또한 더 캐묻지 않았다. 지후는 농구? 하고 물었고 나는 고개를 저었다. 지후는 손으로 머리를 벅벅 긁은 후 때 묻은 손톱을 예술품 감상하듯 잠깐 바라보더니 농구대를 향해 달려갔다. 테니스공으로 그물 없는 골대에 슈팅 연습을 하는 지후를 바라보다가 스스로에게 물었다. 여기는 태어나서 한 번도 와 본 적이 없는 낯선 장소. 난 도대체 뭘 하고 있는 걸까?

이 시간에 내가 있어야 할 올바른 장소가 존재한다는 뜻이다. 오래전에 학교를 졸업한 나의 선배 스티븐 디덜러스 식으로 써 보는 게 좋겠다. 이민호, 이 학년, 쌍룡고등학교, 쌍룡동, 북동구, 서울시, 한국, 아시아, 세계, 우주. 붉은 매직펜으로 머

오늘은 죽음의 날입니다

릿속 노트에 다 적고 보니 명확했다. 이름, 학년과 서울시 사이의 나를 규정하는 것들이 모조리 잘못되어 있는 상태.

시계를 보았다. 열한 시 삼십 분, 삼 교시가 거의 끝나갈 시간이었다. 수요일이니까 아, 국어 시간일 테고. 국어 수업을 놓친 건 아쉬웠다. 제대로 된 대화 상대라고는 한 명도 없는 지겹고 쓸쓸하고 더럽고 혐오스러운 고등학교에서 내가 유일하게 기다리는 시간이었다. 스티븐 디덜러스를 소개한 사람은 바로 국어 선생이었다. 백육십 센티미터를 겨우 넘을 것 같은, 그러면서도 키높이 구두 대신 삼선 슬리퍼를 신고 다니는 비범한 기개를 지닌 국어 선생은 시험에 나올 법하지도 않은 이야기를 자주 꺼냈다. 어떤 날은 체 게바라를, 어떤 날은 니체를, 어떤 날은 마르크스를, 또 어떤 날은 피카소를 무덤에서 소환했다. 과목은 국어였으나 선생의 주제는 사회, 문화, 예술, 정치를 포괄했다. 아이들은 두 파로 갈렸다. 국어 선생을 싫어하거나 사태에 무관심하거나. 성적에 목숨을 건 몇몇 아이들은 자꾸 샛길로 빠져든다며 노골적으로 증오의 이빨을 드러냈지만 대부분의 아이들은 성조의 변화 없는 느릿느릿한 목소리를 편안한 자장가로 여겼다. 일부 학부모들의 항의가 빗발친 건 당연했다. 학생들에게 매사 엄격했던 학교는 선생에겐 의외로 별다른 조처를 취하지 않았다. 뒷말이 없을 리 없었다. 키와 얼굴로 보아 이사장의 아들이라는 설, 백으로 보아 지역 국회의원의 보좌관 출신이라는 설, 사상으로 보아 전교조 지부장이라는 설 등이 두루 퍼졌으나 검증된 것은 없었다. 나는 국어 시간이 좋았다. 졸린 듯 느릿느릿한 목소리를 들으며 비로소 숨을 쉬고 몽상에 잠길 수 있었으니까. 예술과 사상의 거인들이 걸었던 길을 머릿속으로 따라가며 학생, 학교, 가족, 직업, 미래 따위의 속박을 잠시나마 잊을 수 있었으니까. 담임은 내가 학교에 빠진 걸 알고나 있을까?

담임이니 알 것 같았다. 자기 학생들이 왔는지 안 왔는지 확인하는 건 담임이 수행해야 할 기본 중의 기본 업무니까. 출석도 자주 부르지 않는 게으른 사람이기에 모를 것 같았다. 그런 날이면 고개를 빼고 교실을 한 번 휙 둘러보는 게 확인의 전부였으니까. 후자의 가능성이 조금 더 높아보였다. 게다가 난 어느 집단에나 한두 명은 꼭 있는 특성 없는 인간의 부류에 속한다. 공부를 잘하는 것도 아니고 못하는 것도 아니고, 얼굴이 잘생긴 것도 아니고 못생긴 것도 아니고, 말을 잘하는 것도 아니고 못하는 것도 아니고, 키가 큰 것도 아니고 작은 것도 아니었다. 눈에 띄는 면모는 아무것도 없는 존재, 그늘에 묻혀 있으면 그 누구도 눈치채지 못하는 존재, 보호색도 필요하지 않은 존재, 카멜레온의 벗, 무색무취, 미스터 평범, 제로 보이, 그게

오늘은 죽음의 날입니다

바로 나였다. 그래도 불안하긴 했다. 똑 부러지는 여동생도 있건만 유독 내게만 신경과민인 엄마가 알게 되면 걱정으로 숨도 제대로 못 쉴 테니까. 담임이 분식점에 전화를 했을까? 엄마가 내게 전화를 했을까? 주머니를 뒤져서 핸드폰을 찾았다. 없었다. 아참, 역 사물함에 넣었지. 가방을 넣고 핸드폰을 만지작거리던 내게 지후가 명령하듯 말했지. 내 핸드폰도 함께 넣고 잠가라. 오늘은 핸드폰이 아닌 나만 따르는 날이다. 알았냐?

학교로 가던 길에 지후를 만났다. 우연이란 역시 흑 마법처럼 어둡고 신비하다. 다른 날처럼 아파트 앞 큰길로 갔다면 지후를 못 만났을 것이었다. 오늘 따라 조금 둘러가고 싶어, 그래봤자 이삼 분 차이밖에 안 나지만, 후문을 나와 나무 그늘진 산자락 길로 접어들었는데 지후가 있었다. 길 쪽으로 불쑥 튀어나온 흑요석을 닮은 검은 바위 위에 참선하듯 앉아 있던 지후는 손을 들고 흐흐, 인공적으로 웃었다. 거의 한 달 만에 보는 얼굴이었다. 나 같은 인간을 보고 반가워한다는 사실에서 지후도 나와 같은 특성 없는 부류의 일원인 걸로 오해할 수 있겠다. 그렇지 않다. 지후는 나와는 전혀 다른 세계, 예를 들자면 K-9 지역에 사는 존재였다. 비유하자면 검은 태양의 신이었다. '검은'이라는 형용사와 '태양'이라는 명사가 모순된다고 느낄 수도 있겠다. 나도 안다. 태양은 붉거나 노랗거나 희거나 밝지 검지는 않다. 일식도 아닌데 태양이 검어서는 곤란하다. 그럼에도 지후는 검은 태양의 신이었다. 으뜸별보다 더 밝게 빛나되, 하데스의 무시무시한 어둠도 함께 지니고 있는 특별한 존재였다. 어둠, 그건 내 엷고 미약한 그늘과는 달랐다. 지후의 어둠은 밝음만큼이나 크고 명료했다. 지후를 보는 순간 그 누구라도 그를 감싼 장대한 어둠을 곧바로 눈치챌 수 있다는 뜻이다. 지후에게도 약점은 있었다. 지후는 그 어둠을 숨기기보다는 과시하려 애썼다. 오라인 양 머리에 둘러쓰곤 평범한 밝음과 어둠을 지닌 존재들과 자신이 근본적으로 다르다는 것을 보이려 애썼다. 지후의 것이 대단하다는 걸 모두가 알고 있으니 굳이 그럴 노력을 할 필요가 없어 보이는데도. 물론 이건 순전히 내 생각이기는 하지만. 녹슨 용수철처럼 잠깐 비틀거리다가 곧바로 다시 튀어 내게로 다가온 지후는 어제 만난 듯 스스럼없이 주먹으로 내 가슴을 툭툭 쳤다. 곧장 한 걸음 뒤로 물러났지만 혹시라도 오해할까 싶어 싫은 표정은 짓지 않았다.

학교 가냐?

질문하곤. 이 시간에 학생이 학교 가지 어디 가겠냐?

그놈의 잘난 학생.

잘났지, 잘났고말고.

지후는 내게 가운뎃손가락을 뻗어 보였다. 나는 내 가운뎃

손가락으로 맞대응하며 역시 하나마나한 질문을 던졌다. 어디서 뭐 하고 살았냐?

지후는 지난 한 달 동안 내가 살아온 흔적이라도 찾듯 내 얼굴을 뚫어져라 쳐다보며 말했다. 뭔가를 하고 있기는 했지. 중요한 뭔가를, 어디선가 항상. 위에서 아래로, 좌에서 우로, 쉬지 않고 종횡무진. 그런데 널 보니 지난 달 말부터 줄곧 달과 별과 꽃을 보며 여기에서 널 기다린 것 같기도 하다.

무슨 개소리냐? 어린 왕자라도 잡아서 통째로 씹어 먹었냐?

개소리? 어쭈, 우리 귀여운 막내 못 본 새 많이 컸다. 형한테 못 하는 소리가 없네.

지후는 내 머리를 세게 붙잡더니 목을 졸랐고 나는 빠져나오기 위해 버둥거렸다. 지후가 원했더라면 그 자세 그대로 오 분 넘게 버틸 수 있었을 것이다. 조물주처럼 나를 살릴 수도 죽일 수도 있었을 것이다. 지후는 손바닥으로 내 머리를 살짝 때린 후 다시 놓으며 말했다. 오늘은 나랑 놀자.

방금 놀자 그랬냐? 우리가 뭐 초딩이냐, 아침부터 뛰어놀게.

나는 웃었지만 지후는 웃지 않았다. 지후는 진지했다. 가슴 위로 지하철이 쿵쾅거리며 지나갔다. 웃음을 지우고 생각했다. 전에 보았던 모습이었다. 그 결과를 나는 안다. 녀석이 진지한 데에는 이유가 있다. 그렇다면 지후 곁에 있고 싶었다. 멀찌감치 떨어져서 봤던 이전과는 달리 그의 체취까지 맡을 수 있고 머리카락의 움직임까지 읽을 수 있는 가까운 곳에 서서 일어나는 일을 빠짐없이 지켜보고 싶었다. 멀건 가깝건 간에 어차피 무기력한 비존재인 나는 아무것도 할 수 없을 테지만.

그냥 놀기만 하면 되냐?

그래, 그냥. 복잡한 질문 같은 건 절대 하지 말고.

단순한 질문은 해도 되는 거냐?

또다시 보이는 지후의 가운뎃손가락. 나는 오래 고민하지 않았다. 가운뎃손가락을 들어 그래 놀자, 눈 오는 날의 개처럼, 비 내리는 날의 비둘기처럼, 신나게 뛰어놀자, 하고 지후 스타일로 화답했다. 지후는 잠깐 진지했던 태도를 버리고 이번에는 빙긋 웃었다. 내가 좋아하는 열두 살 소년의 웃음. 나는 입술을 깨물었고, 지후는 내 머리를 툭 쳤다. 우리는 학교 반대 방향으로 발걸음을 돌렸다.

공원이 갑자기 적막해진 것 같았다. 어느 순간부터인가 공원엔 우리 말곤 아무도 없었다. 대로를 부지런히 달리던 차들도 한 순간 보이지 않았다. 삼단 기어를 넣은 듯 요란하게 부는 바람에 낙엽이 엉성한 비보이 춤을 추며 어지럽게 떨어지고 그 사이로 농구 골대를 향해 테니스공을 던지는 지후의 진지한 모습만이 보일 뿐이었다. 한 순간 이 세상에 오직 지후와

오늘은 죽음의 날입니다

나, 둘만 존재하는 것처럼 느껴졌다. 지구가 지후와 나만의 별인 것처럼. 그렇다면 장미를 심어야겠지. 피처럼 붉은 장미를. 꽃은 탐스럽고 잎은 푸르며 가시는 날카로운, 붉디붉어서 아예 검어진 장미를. 말 그대로 한순간이었다. 곧바로 오토바이의 경적 소리가 장미 밭에서 터진 수류탄처럼 포악하게 날아들어 왔고 똑같은 옷을 맞춰 입은 한 무리의 아이들이 까르르 웃으며 나타나 장미를 꺾었다. 대여섯 살로 보이는 남자아이가 지후가 던진 테니스공을 쫓아갔다. 한 아이가 움직이자 다른 아이들도 합세했다. 그만하라는 단발머리 여자 선생의 지친 목소리에도 아이들은 움직임을 멈추지 않았다. 지후는 작은 폭탄들 사이에서 헛되이 애쓰다가 곧바로 테니스공을 포기했다. 나를 보며 고개를 절레절레 흔들던 지후는 한 번 더 씻고 오겠다고 말한 후 다시 화장실로 들어갔다. 지후가 나오기만을 기다리는데 얼마 전에 읽었던 소설이 문득 머릿속에 떠올랐다. 마을버스 운전사가 정해진 노선을 벗어나 거리를 마구 달린다는 내용이었다. 누가 쓴 건지, 어디서 읽었는지는 기억나지 않았다. 그저 신호 대기에 걸린 운전사가 하품하다가 갑자기 운전대를 틀기로 결심한 장면, 처음엔 당황하던 승객들이 이내 흥겨워하던 장면만이 떠올랐다. 운전사는 경적을 빠방빵 울리고 승객들은 그 소리와 리듬에 맞춰 빠방빵 노래하고 춤추고…

기분이 좀 이상했다. 내용도 좀 이상했다. 과연 소설이긴 했을까? 내용이 맞기는 하나? 도대체 누가 소설을 이 따위로 쓰나? 혹시 내가 꾸었던 꿈의 한 장면이었나? 그것도 아니면 내 무의식? 그러고 보니 그 버스 운전사가 어쩐지 지후를 닮았던 것 같다. 왜 갑자기 지후에게로 이야기가 돌아오는 걸까? 내 기억은 진짜 기억인가? 이 이야기, 이 소설, 도대체 어디서 읽었더라? 보았더라? 일어났더라? 소설? 꿈? 환상? 무의식? 혼란에 빠진 내 머리에 아까보다 더 차가운 물이 뚝뚝뚝뚝, 뚝뚝뚝뚝 죽비처럼 매섭고 빠르게 머리 위로 떨어졌다. 고개를 들었다. 지후였다. 지후가 손으로 머리를 툭툭툭툭 털고 있었다. 지후는 자신의 디엔에이가 묻은 내 머리를 애완하듯 쓰다듬었다. 몸을 풀었으니 이제 제대로 뛰어놀아 봐야지.

지후는 손바닥으로 내 머리를 꾹 눌렀고 나는 아야, 연기하듯 과장된 소리를 질렀다. 지후는 히히 웃은 후 손을 떼곤 혼자서 큰길로 향했다. 그의 뒤를 서둘러 따라잡았다. 지후의 뒤통수에 알밤을 먹이려는데 여린 목소리가 들렸다. 노래하는 지후의 목소리가 떨렸다.

밖엔 달이 더 밝아 보였네.

오늘은 죽음의 날입니다

처음 듣는 노래였다. 눈가에 손 그늘을 만들곤 하늘을 보았다. 하늘은 맑고 투명했다. 달은 보이지 않았다.

3.

　남학생은 붉은 장미 한 다발을 주미에게 건네며 너스레를 떨었다. 예, 압니다, 알아요. 이런 식의 갑작스러운 행동, 분명 눈꼴사납고 거북할 겁니다. 하지만 이럴 수밖에 없는 제 마음도 이해해 주시길. 오래전부터 지켜보다가 드디어 용기를 냈습니다. 제가 드리는 꽃, 부디 거절하지 말고 받아 주세요. 상사화가 제격이겠지만 아쉽게도 제철이 아니더군요. 꿩 대신 닭이라고 붉은 꽃무릇이라도 한 다발 캐 오려 엊그제 급히 선운사를 찾았지만 그것도 이미 한참 전에 졌더라고요. 열이 팍팍 올라서 뿌리를 확 뽑으려다가 마지막 순간에 마음을 돌렸습니다. 자연에 따로 주인이 있는 건 아니지만, 민주 시민의 일반 상식에 기대어 말하자면, 그것들은 선운사 땡중들의 재산일 테니까요.

　　　　　　　　　　　　오늘은 죽음의 날입니다

맨손, 맨입은 제 취향이 아니라서 고민, 또 고민하다가 아쉬운 대로 흔하디흔한 보통의 장미를 가져왔으니 친절하게 받아 주시면 감사, 또 감사하겠습니다.

남학생의 실력 없는 래퍼처럼 호들갑스럽고 장황하며 저질스러운 고백을 듣는 동안 주미는 시선을 내내 바닥에 두었다. 힘없이 늘어뜨린 손가락은 마취된 쥐처럼 조금도 움직이지 않았다. 주미의 신체는 빈사 상태의 손가락과는 다른 말을 했다. 커다란 눈동자는 몇 번인가 살짝 흔들렸고, 호흡은 느려졌다 빨라졌다를 불규칙적으로 반복했다. 평소에 볼 수 없었던 주미의 모습에 내 머리도 어질어질했다. 이게 다 뭔 일이람? 사랑 고백인가? 유튜브에 올리고 자기들끼리 키득거릴 몰카라도 찍는 건가? 고개를 빳빳이 들고 남학생을 자세히 보았다. 백팔십을 훌쩍 넘긴 키에 얼굴도 곱상하니 잘생긴 편이었다. 꼭 주미처럼 소리도 내지 않고 빙긋 웃는 모습은 어린 소년처럼 꽤 귀엽기까지 했다. 문제는 그런데, 였다. 외모는 아이돌에 비교하더라도 전혀 빠질 게 없었으나 영 호감이 생기질 않았다. 팬 투표로 상위 라운드 진출과 탈락을 결정하는 시스템의 오디션을 무사히 통과하기는 어려워 보였다. 뭐랄까, 가면을 썼다고나 할까, 온몸에서 냉기가 줄줄 흐른다고나 할까? 얼굴은 웃고 있었지만 마음은 화를 내고 있다고나 할까? 종합하면 진심이 뭔지 도무지 파악하기 어려운 부류. 처음 보는 사람을 너무 가혹하게 평가하는 건 아닌지 모르겠다. 심리학과 학생이기는 해도 사람의 마음을 잘 읽는 편은 분명 아니었으니까. 내가 아는 건 지난 세기를 살았던 비과학자의 책뿐이었으니까. 그렇기는 해도 친절, 온기, 상냥함, 진심 등의 따뜻한 단어들과는 거리가 먼 인간이라는 점은 나 같은 문외한도 쉽게 알아챌 수 있었다. 남학생의 당돌하고 낯간지러운 고백의 내용도 생각해 보면 이상했다. 쉽사리 이루어지기 어려운 사랑을 상징하는 상사화를 먼저 말하며 장미꽃을 가져왔다는 건, 장미의 꽃말은 사랑과 행복이니까, 짝사랑을 먼저 시작한 사람의 재기 넘치는 애교로 여길 수 있었다. 선운사의 꽃무릇? 이건 도대체 뭘까? 그렇게 들었기 때문일까, 남학생은 꽃무릇이라는 단어에 유독 힘을 주었다. 꽃무릇을 말하기 위해 상사화를 들먹이고 장미꽃을 동원한 것 같았다. 꽃무릇에도 꽃말이 있나? 꽃무릇은 도대체 어떤 꽃이지? 난 한 번도 본 적이 없는데.

남학생은 주미에게 꽃다발을 다시 건넸다. 아, 실례했습니다. 마음이 앞선 탓에 제 소개가 늦었군요. 저는 이 학교 국문과 1학년 김지후라고 합니다. 이 친구는, 죄인처럼 뻘쭘하게 뒤에 서 있지 말고 앞으로 좀 나와 봐, 조금 더, 조금 더, 그래, 조지 클루니처럼 이국적으로 삐뚤어지게 잘생긴 얼굴이 이제 제대로 보이네, 이 친구는 국문과 동기 이민호고요.

　남학생은 뻔뻔스러울 정도로 말을 잘했다. 타고났다고 말하기는 어려웠다. 재능 넘치는 달변가라기보다는 대사와 동작을 꼼꼼하게 외우고 연습을 반복한 후 무대에 선 배우 같았다. 평소엔 과묵하나 무대 위에선 긴장과 아드레날린의 복합 작용으로 유독 다변인 종류의 배우. 차곡차곡 쌓인 선입견 탓일까, 말 한 마디 한 마디, 동작 하나하나가 죄다 위악적으로 보였다. 무엇인가를 숨기고 견디고 있는 느낌. 진짜 인격을 감추고 있는 느낌. 사기꾼, 사이비, 혹은 사이코패스. 머릿속에 빨간 불 하나가 급히 켜졌다. 사이코패스에 특별히 관심이 있던 것이 아니어서 구체적으로 이렇다 저렇다 확실한 증거를 대긴 어려웠지만 전성기의 게리 올드만처럼 정교하게 삐뚤어진 구석이 있는 것만큼은 확실했다. 주미에게는, 혹시라도 남자가 필요하다면, 품이 넓거나 조용하고 반듯한 남자가 어울렸다. 나는 남학생의 행동이 위험 수위에 도달했다고 판단했다. 주미의 단짝 친구로서 가만히 보고만 있어서는 안 될 것 같아 저기요, 하고 조심스러우면서도 확실한 거부의 의사를 대신 표현하려는데 주미의 손이 갑자기 마취에서 깨어나 내 손을 꽉 잡았다. 의외의 악력에서 느껴지는 단단한 각오. 주미의 의사는 명확했다. 그냥 있으라는 것. 끼어들지 말라는 것. 주미를 보았다. 주미는 입을 꼭 닫은 채 여전히 바닥만을 바라볼 뿐이었다. 조금 놀라고 약간 실망했다. 이 정도 수준의 남자를 거절하지 않다니. 그러나 주미의 뜻이 그렇다면 어쩔 수 없다. 무엇보다도 지후라는 남학생은 주미에게 말을 건 것이니까. 놀람은 유지하되 실망이라는 말은 철회하는 게 좋겠다. 무엇보다도 내 옆에 있는 사람은 주미니까. 그래, 믿어 보자. 주미에겐 나름의 생각이 있겠지. 내가 아는 주미는 결코 허약하고 허술한 아이는 아니니까. 주미의 주관과 그늘은 의외로 강하니까. 어떤 나쁜 상황이 벌어질 거라는 확신이 들었을 때 다시 나서도 늦지는 않을 것 같았다. 게다가 지금은 맑고 밝은 대낮, 장소는 파도처럼 구름처럼 쉴 새 없이 학생들이 오가는 교정이었다. 두려움을 모르는 연쇄살인범이라도 지금 이곳에서 칼을 휘두르거나 더러운 모욕을 주기는 쉽지 않을 것이다. 나는 주미의 또 다른 요구가 있기 전까지는 한 걸음 물러나 조용히 지켜보리라 마음을 먹었다. 결심은 했어도 왠지 착잡해져서, 벤치에 힘이 빠진 등을 기대는데 그제야 민호라는 남자애의 모습이 눈에 들어왔다. 솔직히 말해 지후가 소개하기 전까지 나는 동행이 있는 줄도 몰랐다. 첫눈에 보기에 민호는 도무지 지후의 친구 같지 않았다. 지후가 먼저 밝히고 나서지 않았다면 둘을 한 그룹으로 연결 지을 생각은 꿈에도 하지 않았을 것이다. 지후가 어느 자

오늘은 죽음의 날입니다

리에서라도 금방 눈에 띄는 화려한 유형이라면 민호는 정반대
였다. 눈여겨 살피지 않으면 바로 옆에 있었어도 모를 것 같았
다. 화려하고 아름다운 조지 클루니와는 조금도 닮지 않은 아
이였다. 무질의 특성 없는 인간이라는 소설이 곧바로 떠올랐
다. 비록 그 책을 읽어 본 적은 없었지만. 기회가 된다면 스파
이로 활동해도 좋을 것 같다는 싱거운 생각이 들었다. 만약 우
리나라에 그런 직업이 있다면. 민호는 기까지 잔뜩 죽어 있었
다. 혼자서 정신 줄 놓고 들판을 달리다가 느닷없이 호랑이 앞
에 마주 선 토끼의 꼴이었다. 조금 더 심하게 말하면 해부되기
직전 갑자기 마취에서 깨어난 쥐였다. 목숨이 경각에 달린 위
험한 자리에 섰으면서 그렇게 된 이유도 모르는 존재. 눈앞에
다가온 죽음을 피할 방법도 모르는 존재. 결국은 무기력하게
사라지고 말 존재. 민호를 폄하하는 건 아니었다. 굳이 둘 중
하나를 골라야 한다면 나는 민호를 고를 것이다. 민호가 좋아
서라기보다는 지후가 영 마음에 들지 않아서.

　지후는 세 번째로 꽃다발을 건네며 투덜거렸다. 이거 참, 민
망하군요. 제가 그쪽의 이상형인 아닌 건 이미 이백칠십 년 전,
전생의 전생의 전생 때부터 이미 알아챘지만 그래도 오늘이 어
디 보통 날입니까? 일 년에 딱 한 번 있는 죽음의 날 아닙니까?
이미 죽은 자를 머리 숙여 기리고 살아 있는 사람들끼리는 별

처럼 찬란한 우정을 다지는⋯

너, 이름이 뭐라 그랬지?

주미가 갑자기 고개를 들었다. 지후의 말허리를 단칼에 자르고 물었다. 좀처럼 묻는 법이 없는 주미가 질문을 던졌다. 게다가 반말이었다. 나도 놀랐지만 지후도 꽤 놀란 것 같았다. 내내거만하고 자신감 넘치던 표정에 균열이 생기더니 처음으로 빈틈이 보였다. 가는 핏줄이 잔뜩 선 분홍색 여린 빈틈이 꾹 눌러썼던 가면 사이로 비쳤다. 진짜 소년의 얼굴, 이라고 생각했다. 균형 감각이 결여된 미성숙하고 어리숙하고 겁에 질린 어린 소년의 얼굴. 그 얼굴은 꿈처럼 잠깐 나타났다가 환영처럼 급히사라졌다. 각인되기에는 충분한 시간이었다. 머릿속으로 빨려들어온 그 얼굴은 좀처럼 잊히지 않았고 그립고 기묘한 기시감을 곧장 만들어 냈다. 지후는 오래 당황하지 않았다. 곧바로가면을 고쳐 쓴 지후가 손으로 머리를 넘기며 대답했다. 아하, 말을 놓자 이거군. 알았어. 어려울 것 없지. 이런 식의 신속 정확한 관계 정리는 대환영이니까. 어휴, 이제 좀 편하네. 사실나도 존대하느라 닭살이 징그럽게 돋아 죽는 줄 알았어. 내 취향과 무관하다는 건 확실히 하고 넘어가자고. 자, 귀가 어두워못 들은 모양이니 다시 말하지. 김지후, 정말 좋은 이름이지?

김지후.

오늘은 죽음의 날입니다

그래, 김지후. 본관은 안동이고 지혜 지에 두터울 후.

김지후, 오늘이 죽음의 날이란 건 어떻게 알았어?

그게… 멕시코에서 한 이 년 살았거든. 아버지가… 외교관이라서 말이지.

멕시코 어디에서 살았는데?

응? 물론 멕시코시티지.

멕시코시티 어디?

초면에 그런 상세 정보까지 다 고백해야 하나? 이거 뭐 인권침해나 개인 정보법 위반 아닌가?

대통령궁 서쪽의 카를로스가, 외교관 지구에서 살았다고 했잖아, 라고 말한 건 민호였다. 나는 조금 놀랐다. 민호가 내민 세밀한 정보가 아니라 그의 목소리 때문이었다. 그의 목소리, 굵지는 않지만 안정적이었다. 내가 좋아하는 여리면서도 단단한 목소리. 민호는 어쩌면 첫인상과는 다른 사람일 수도 있다는 생각이 처음으로 들었다. 민호를 잠깐 쳐다봤던 지후가, 마음이 어지간히 급했는지 개인 정보법이며 인권 침해라는 도무지 상황에 어울리지도 않는 기묘한 단어들을 서랍에서 잘못 꺼내 썼던 지후가 주미에게 네 번째로 꽃다발을 건네며 말했다. 그래, 멕시코시티 대통령궁 서쪽 동네. 건물은 이건희 집보다 크고 정원은 축구장처럼 넓었지. 하늘엔 콘도르 몇 마리도 날아다녔고 비키니 입은 아즈텍 소녀들이 내 시중을 들었지. 가정부 아들인 곱슬머리 파라과이 꼬마랑은 공놀이를 즐겼고. 무엇보다도 지금 내가 하고 싶은 말은, 날이 날이니만큼 오늘 하루, 살아 있는 우리들이 몇날 며칠도 아니고 오늘 하루만큼은 함께 어울렸으면 좋겠다는 거야. 팔 떨어지기 직전이니 이 꽃다발도 제발 좀 받아 주고.

우리가 누군지는 알아?

주미가 먼저 질문하지 않는다는 지식은 오늘 부로 내 머릿속 위키 백과에서 싹싹 지워야겠다. 주미는 질문의 화신이 되어, 참선하며 오래 참았던 화산이 일시에 용암을 분출하듯 연달아 질문을 퍼부었다. 평소와 다르게 어투 또한 매섭기 그지없었다. 이 주미가 내가 아는 주미가 맞나? 지후의 맨얼굴이 또다시 잠깐 나타났다가 사라졌다. 등장 시간은 전보다 짧았다. 지후는 곰처럼 능글맞게 웃었다. 그야, 모르지. 응, 따로 뒷조사를 한 건 아니니까 모르는 게 이치에 맞겠지.

난 최주미고, 얘는 박혜연이야. 심리학과 1학년이고. 알아들었니?

그래, 최주미, 박혜경. 둘 다 예쁜 이름이네.

박혜연.

그래, 최주미, 박혜연.

심리학과, 마음을 공부하는.

그래, 심리학과.

알아들었어?

그래, 알아들었지.

주미는 꽃다발을 빼앗듯이 낚아챘다. 자신의 손안에 든 꽃다발을 붉은 플라스틱 폭탄 더미인 양 매섭게 노려보며 아무 말도 하지 않았다. 뭐라 더 말하려는 지후를 옆 벤치로 이끈 건 민호였다. 주미는 장미꽃을 한참 바라보다 손가락을 움직였다. 붉은 잎을 하나씩, 하나씩 뜯어냈다. 학살을 자행하는 주미의 얼굴엔 아무런 표정도 색깔도 나타나지 않았다. 꼭 백지처럼. 타블로 라사. 주미가 어린애처럼 자신만의 일에 깊이 몰두하고 있는 동안 머릿속에 여리고의 장미라는 구절이 떠올랐다. 어디서 보았더라? 곰곰 생각했으나 출처는 알 수 없었다. 곧바로 장미와 연결된 사건 하나가 여리고를 밀어내고 검색어 1위를 차지했다. 고등학교 이 학년 때의 일. 장미꽃 한 송이씩을 열흘간 건넸던 남자애가 있었다. 모르는 아이는 아니었다. 초등학교 동창으로 우리 학교와 담장을 같이 쓰는 바로 옆 남자 고등학교에 다니던 남자애였다. 잘 아는 아이도 아니었다. 오가다 만나면 안부 정도를 간신히 묻는, 그것도 사람이 별로 없거나 마음이 내킬 경우에만 묻는 지극히 어색하고 평범한 사이였다. 그러던 어느 날 그 남자애가 내 뒤를 따라왔다. 골목길 초입의 회색 담장 밑에서 내 어깨를 잡아 멈추게 하곤 좋아한다고 고백했다. 나는 그 말을 믿지 않았다. 초등학교 4학년 때 처음 전학 와서 같은 반이 되었으니 알고 지낸 지 8년이었다. 그동안 아무 사이도 아니었는데, 초등학교를 졸업한 후로는 겉치레 말 한두 마디만 겨우 주고받는 관계였는데 갑자기 나를 좋아한다니 진실일 리 없었다. 순정만화 식 로맨스를 믿기에 나는 지나치게 현실적이었다. 나는 금이 간 담장에 눈길을 주고 말했다. 생각해 보겠지만 아무래도 어려울 것 같다고 했다. 대학에 들어가는 게 지금으로선 유일한 목표라고 했다. 완곡한 거절의 말을 남자애는 좀처럼 받아들이지 못했다. 다음 날 저녁 남자애는 집 앞에서 기다리고 있다가 장미꽃 한 송이를 건넸다. 앞으로 백 일 동안 매일 장미꽃을 건네겠다는 통속적이고 모진 다짐도 밝혔다. 백 일 하고도 하루가 지나면 깨끗이 포기하겠다고 했다. 읽어 본 적 없는 로맨스 소설 같은 마지막 말에 마음이 살짝 흔들렸다. 하루, 이틀, 사흘… 열흘이 지났다. 남자애가 건넨 장미꽃은 열 송이째가 마지막이었다. 열하루 되던 날 밤 장미꽃도 없이 홀로 집에 들어선 내 기분은 비참했다. 그 사이 로맨스 광이 되어 갑자기 남자애를 좋아하게 되어서가 아니었다. 다시 말하지만 나는 순정만화 식 로맨

오늘은 죽음의 날입니다

스는 믿지 않는다. 내가 비참했던 건 내 존재가 그에겐 열흘짜리밖에는 되지 못했다는 깨달음 때문이었다. 혹시나 해서 다음 날 하루 더 기다렸다. 그리고 그 다음 날도. 장미꽃은 없었다. 끝난 게 확실했다. 나쁜 자식. 그날 밤 나는 모아 두었던 장미꽃을 가위로 세밀하게 잘라 쓰레기통에 버렸다. 며칠 전 그 남자애를 동네에서 만났다. 남자애의 곁엔 별로 특별할 것도 없는 여자애가 있었다. 남자애는 내게 눈길도 주지 않았지만 나를 알아본 건 확실했다. 그의 왼쪽 눈썹이 자벌레처럼 흉하게 씰룩거렸기 때문이다.

주미의 발밑엔 붉은 꽃잎, 죽은 꽃잎이 가득했다. 바람이 불었고, 꽃잎은 날아갔다. 찰나의 시간 동안 세상이 온통 붉게 물들었다. 꽃들이 흘린 피로 덮인 무섭고 아름다운 세상. 색즉시공의 꽃잎을 바라보는 주미에게 속삭였다. 도무지 뭐가 뭔지 잘 모르겠다. 하지만 하고 싶은 대로 해. 난 너의 뜻을 따를 테니까. 우린 친구니까.

주미가 고마워, 하고는 내 손을 잡았다. 주미의 빙긋 웃는 얼굴은 어둡고 예뻤다. 하마터면 나도 모르게 넌 여리고의 장미처럼 아름다워, 하고 고백할 뻔했다.

4.

　지후는 내가 전혀 예상하지 못했던 장소에 2회 연속으로 들어갔다. 방망이 한 번 휘둘러 보지 못한 채 우두커니 서서 투스트라이크를 먹은 타자 꼴이었다. 첫 번째는 꽃집, 두 번째는 대학교. 나의 빈약한 예측력에 입 안이 씁쓸했다. 그러나 그것이 지후의 방식이라는 것을 어쩔 수 없이 인정해야 했다. 지후의 행동은 늘 그랬으니까. 지후가 사건에 대한 책임을 홀로 지기로 하고 학교를 그만두었던 날 밤, 나는 지루한 선생처럼 물었다. 앞으로 어떻게 살 작정이냐.

　지후는 검은 하늘을 보며 독백하듯 말했다. 난 경비원이 될 거야. 야간경비원. 야간경비원이 되기 위해 굳이 대학에 갈 필요는 없겠지.

대학 진학 여부를 물은 게 아니었다. 내 질문의 의미를 제멋대로 왜곡해 해석한 지후는 대학에는 가지 않겠다는 결심, 그리고 야간경비원이 되고 싶다는 소망까지 밝혔다. 왜 하필 야간경비원인지는 묻지 않았다. 묻는다고 답할 것 같지도 않았고, 지후가 이유를 알고 있는지도 불확실했고, 깊은 밤에 갑자기 진지해지고 싶지도 않았다. 목숨 걸고 지켜야 할 건물이 있나 보네. 혹시 건물주?

지후는 웃지도 않고 고개를 저었다. 지후는 돌을 집어 하늘로 던졌다. 돌은 삼 미터도 올라가지 못했다. 성의 없는 투구. 지후는 돌을 다시 집어서 전력을 다해 던졌다. 돌은 잠깐 보이지 않았다가 빠르게 낙하했다. 쾅. 생명이 끝나는 소리. 어느 평행 우주의 몰락. 지후는 손을 탁탁 털며 만족스럽게 웃었다. 저녁과 밤을 지키고 싶어.

나는 고개를 끄덕였다. 인정. 야간경비원을 꿈꾸는 이유로 그보다 훌륭한 대답은 없었다. 장미꽃이 있었기에 온 정성을 그 꽃에 쏟았던 어린 왕자에 비교할 만했다. 수줍은 저녁과 과묵한 밤은 적어도 지후에게 투정은 부리지 않을 것이다. 야간경비원, 상상력 부족한 내 머릿속에서는 나올 수 없는 특별한 대답이었다. 잠시나마 지후를 의심하고 과소평가한 것에 대해 반성했다. 지후가 갑자기 내 머리를 쥐어박으며 말했다. 아이스크림 내기하자. 전봇대에 먼저 도착하는 사람이 이기는 거다.

지후는 일어나 달렸고 나는 허겁지겁 뒤따라갔다. 전봇대에 기대고 선 지후는 승리를 주장했고 나는 무효라고 우겼다. 더 밀어붙였으면 재경기 정도는 어렵지 않게 끌어낼 수 있었을 것이다. 깨끗이 양보하고 아이스크림을 샀다. 지후에겐 일종의 기념일이니까. 학교를 그만둔 것도 기념일이라고 부를 수 있다면. 안 될 건 없겠지. 전몰 추념일도 있으니까. 지후의 행위 또한 일종의 거대한 자멸이니까. 지후는 제일 비싼 하겐다즈 초코바를 골랐고 나는 전통의 브라보콘을 선택했다. 하겐다즈는 브라보콘 가격의 2.5배였으며 할인도 되지 않았으나 꾹 참고 아무 말도 하지 않았다. 우리는 편의점 앞 그린치의 몸을 닮은 녹색 플라스틱 의자에 앉아 말없이 아이스크림을 먹었다. 하겐다즈를 재빨리 해치운 지후는 브라보콘 맛있냐고 물으며 팔뚝으로 내 머리를 감쌌다. 나는 머리를 빼내곤 주먹을 쥐어 보였다. 지후는 빙긋 웃었다. 주머니에서 카멜 담배를 꺼내 입에 물려다 말고 내게 권했다. 나는 고개를 저었다. 지후는 불을 붙이곤 한 모금 빨았다. 누가 볼까 걱정되었지만 당사자인 지후는 태평스러웠다. 낙타가 미국 담배를 피우면 중동 평화가 앞당겨질까, 하는 어리석은 농담을 내뱉을 만큼. 지후가 만들어

내는 희미한 담배 연기를 눈으로 따라가며 생각했다. 우린 도대체 무슨 사이일까?

사건이 있기 일주일 전만 해도 나는 지후와 말 한마디 나눈 적이 없었다. 이 학년 삼 반 급우(라고 부를 수 있다면)라는, 세상이 부여한 공식적인 관계 말고는 공통점이 전혀 없었다. 지후와 나는 서로 다른 별의 거주자였다. 지후 주변을 소행성처럼 떠돌아다녔던 소문들은 — 다른 학교 짱을 한 방에 보냈다더라, 강남 클럽의 기도라던데, 여자애 하나를 임신시켰는데 건설사 사장인 아버지가 손을 써서 학교에서도 눈을 감아 주고 있는 거래 등등 — 네스 호의 괴물이나 히말라야의 설인처럼 하나같이 황당무계한 것들이었으나 지후라는 이름을 중심에 놓으면 왠지 소멸 직전의 그믐달처럼 그렇겠지, 그럴 수밖에 없겠지, 하고 쓸쓸하고 허무하게 고개를 끄덕일 수밖에 없었다. 지후의 위력은 담임에게도 통했다. 턱을 쳐들고 있는 걸로 보아 지병 내지 허세 끼가 있는 것이 분명한 담임은 학기 첫날 작은 눈을 부릅뜨고 들어와선 아이들에게 복도로 나가 있으라고 명령했다. 떠들지 말고 조용히 서 있다가 자신이 부르는 순서대로 들어와 앉으라고 했다. 다들 피식피식 웃으며 우르르 밖으로 나갔지만 지후는 원래 앉았던 가운데 맨 뒷자리에서 꿈쩍도 하지 않았다. 담임은 지후를 노려보았지만 지후는 책상 위에 발을 올리고 그저 빙긋 웃었을 뿐이었다. 웃음은 분노보다 강했다. 담임은 무리한 승부를 즐기는 사람은 아니었다. 상대는 양보할 생각이 없어 보였고 아이들은 이 승부의 결과를 매의 눈으로 주시하고 있었다. 이해득실에 대한 판단을 재빨리 마친 담임은 지후를 내버려 두기로 했다. 그는 아무 일도 없었던 사람처럼 평온한 목소리로 이름을 불렀고 교실 안으로 들어오는 아이들에게 손가락을 뻗어 자리를 지정해 주었다.

이제 사건에 대해 말할 차례다. 잘 아는 것처럼 말했으나 사실 나는 사건에 대해 아는 게 거의 없었다. 사건의 내막을 정확히 파악하려면 모의에 직접 참여했던 지후에게 물어보는 게 옳을 것이다. 사소한 문제라면 지후는 그런 심문 비슷한 질문에 절대로 답할 아이가 아니라는 것. 내 입으로 말하긴 뭣하지만 나 또한 그런 유의 질문을 던질 유형도 아니었고. 거창하게 사건이니 뭐니 말만 꺼내 놓고 그냥 넘어갈 수는 없는 법, 그러나 아는 게 별로 없으니 개략적이고 모호한 문장으로만 말하겠다. 그 사건은 학교의 강압적인 여러 조치에 반발한 몇몇 선각자적인 학생들이 일으킨 난폭한 혁명이었다. '난폭한'이라는 형용사와 '혁명'이라는 명사는 그다지 조화로워 보이지는 않는다. 그럼에도 나는 '난폭한'과 '혁명'이라는 단어 둘 다 포기할 수 없다. 아니 어쩌면 모든 혁명은 근본적으로는 난폭한 것

오늘은 죽음의 날입니다

이라는 생각도 갖고 있다. 사건에 가담한 아이들이 사용한 방식은 난폭했다. 모두 등교해 자습하는 시간을 노려 그들은 야구 방망이를 들고 교실에 난입했다. 그들은 지난밤 말을 도둑맞아 잔뜩 열 받아 있는 나바호 인디언처럼 히야호, 혹은 하이호 비슷한 소리를 지르며 유리창을 부쉈다. 깨진 유리가 우박처럼 뚝뚝 바닥에 떨어졌다. '깨진 유리창의 아침'이라 명명할 만한, 개교 오십 주년 기념 교지에 실릴 만한 역사적 광경이었다. 겁에 질린 아이들은 소리도 지르지 못한 채 손으로 머리를 감싸고 교실을 빠져나갔다. 유태인 상점의 유리창을 부순 나치의 행동은 난동이었다. 학교 유리창을 부순 건 혁명이었다. 유태인들에겐 잘못이 없었다. 학교는 현행범이었다. 학교는 줄곧 학생들을 죄수 취급했다. 머리와 복장을 규제하고, 추가 수업과 자습을 강요했다. 그동안엔 왜 사소한 항의 한 건조차 없었느냐고 따질 수 있겠다. 미래, 아니 무난한, 아니 오직 조용한 하루를 위해 자발적으로 저항을 포기한 것이었다. 교장을 찾아가 학감 신부의 폭력을 고발한 스티븐 디덜러스 같은 학생은 내가 다니는 학교엔 없었던 것이다. 사건을 두 눈으로 직접 목격하고서야 그건 눈감고 귀 닫고 우물 속에만 살았던 내 좁은 경험이 만들어 낸 착각이었다는 사실을 알게 되었다. 우물 밖엔 혁명의 전사들이 있었다. 그들은 야구 방망이 하나로

적진에 뛰어들었고 결기 하나로 바스티유를 부수었다. 평소에 그들을 양아치 취급했던 나 자신에 대해 진심으로 반성했다. 지후가 내게 말을 건넨 건 아이들이 모두 빠져나간 빈 교실에 서였다. 혁명의 불길이 한 차례 지나간 후 지후는 어깨에 야구 방망이를 느슨하게 걸친 채 총사령관이 전방 순시하듯 느긋하게 교실로 들어왔다. 지후는 나를 보고 고개를 갸웃했다. 야구 방망이로 내 책상을 물음표 모양으로 두드리며 물었다. 너 밖으로 안 튀어 나가고 뭐 하냐?

지후의 질문은 합당했다. 내가 지후라도 그렇게 물었을 것이다. 지후의 질문을 듣고서야 나도 그 이유가 궁금해졌다. 난 용감한 남자도 아니었는데. 학교를 좋아한 것도 아니었는데. 유리창이 굵은 고드름처럼 뚝뚝 부러지던 순간이 떠올랐다. 나는 소리와 빛에 압도되었다. 천지가 부서지는 굉음과 함께 부서진 공간 사이로 들어온 햇빛이 내 눈을 찔렀다. 위험하면서도 아름다웠다. 나는 부서진 유리의 입자였고, 쏟아지는 햇빛의 포로였다. 손발이 시원해졌고 가슴이 뜨거워졌다. 인습에 길든 고지식한 몸은 내게 충언을 아끼지 않았다. 위험하다고. 빠져나가야 한다고. 자유주의자의 간사한 마음이 발목을 잡았다. 머무르라고. 유리의 광채를, 햇빛의 마법을 더 즐기라고. 이건 건 마음이었을까? 머뭇거리다 결정을 내리지 못했다는 게 더

오늘은 죽음의 날입니다

진실에 가깝겠다. 이름만 알 뿐, 소문만 들었을 뿐 그 이상은 아무것도 모르는 지후에게 유리와 햇빛, 시원한 손발과 뜨거운 가슴에 대해 방언하듯 중언부언할 수는 없었다. 그랬다간 야구 방망이가 가만히 있지 않을 테니까. 학생이니까.

뭐라고?

학생이니까 교실에 있어야지. 지금은 자습 시간이니까.

야, 꼰대들도 도망가서 그림자도 안 비치는 거 모르겠냐?

그거야 꼰대들 사정이고. 난 학생이니까.

지후는 야구 방망이를 바닥에 내려놓고 내 옆자리 책상 위에 엉덩이를 걸쳤다. 이 발칙한 분 좀 보게나. 너 성함이 도대체 어떻게 되십니까?

이민호.

이민호라, 이 학년 삼 반에 너 같은 인재가 있었구나. 한 달 넘게 같이 있었는데 전혀 몰랐네, 너같이 잘난 놈을 전혀 몰랐어.

지후는 비웃듯 감탄하듯 몰랐네, 몰랐어를 대여섯 번 반복하곤 유리 조각을 손에 들었다. 날카로운 조각을 새끼손가락 끝에 대자 거짓말처럼 피가 흘러나왔다. 생각보다 느리게 흐르는 피를 보며 지후가 말했다. 우리 사귀자. 내 이름은 김지후다.

나는 대답하지 않았다. 대신 유리 조각을 찾아 들고는 새끼

손가락 끝에 댔다. 피는 흐르지 않았다. 힘을 주었다. 피가 주르르 이번에는 내 생각보다 훨씬 빠르게 흐르는 바람에 깜짝 놀라 유리 조각을 떨어뜨렸다. 지후가 피식 웃었다. 이 새끼 완전 꼴통이네.

피를 교복 바지에 문지르며 대답했다. 난 학생이라니까.

그래, 인정. 이 꼴통 학생아.

지후가 흐흐 웃는 소리가 교실을 가득 채웠다.

그러나 우리는 학교에서 사귈 수는 없었다. 일이 터지자 겁이 난 나머지 일단 대피부터 했다가 얼마 지나지 않아 혁명군의 부실한 규모를 비로소 파악한 정부군은 의기양양하게 학교를 다시 점령했고 그날 오후부터 죄수들에 대한 취조를 시작했다. 주동자를 대지 않으면 각오하라는, 상상력이라고는 전혀 없는 통속적이고 더러운 협박에 아이들은 약속이라도 한 듯 하나같이 지후의 이름을 들었고, 지후 본인 또한 스스로를 주동자라 자백했다. 사건의 눈부셨던 충격에 비하면 이해하기 어려울 정도로 싱거운 결말이었다. 지후에겐 한 달간의 정학이, 다른 아이들에게는 일주일의 정학 명령이 떨어졌다. 도서실에 나와 자숙해야 한다는 조건이었다. 지후는 학교에 나오지 않았다. 지후는 저녁마다 나를 찾아왔다. 우린 오래된 친구들처럼 함께 캐치볼을 했고, 공원을 달렸고, 노래를 불렀고, 진지하거나 우습거나 화난 표정 짓는 연습을 했고, 아이스크림을 나눠 먹었다. 나흘째 되던 날 아침 지후는 엄마와 함께 학교에 나타났고, 학교를 그만두었다. 그날 밤 지후는 내게 저녁과 밤을 지키는 야간경비원이 되겠다는 원대한 소망을 밝혔다.

다시 말하자. 우리는 꽃집에 들렀다가 대학교로 향했다. 예상하지 못한 스트라이크를 먹었다고 지후에게 불평해서는 안 되었다. 꽃을 사는 건 지후의 자유였고, 지후가 가지 않겠다고 선언한 건 추상의 대학이었지 건물과 학생들이 있는 실재의 대학교는 아니었으니까. 우리가 서로 사귄다고 하는 게 진짜 사귀는 걸 뜻하는 게 아닌 것처럼. 그럼에도 아무렇지도 않게 꽃다발을 들고 대학교 정문을 통과하는 지후를 보는 건 이상했다. 사실 이상한 건 오히려 내 마음이었는지 몰랐다. 지후가 들어서고 몇 초 간격으로 내가 들어선 대학교는 내 선망의 대상이었다. 선망보다는 망상이 더 어울리겠다. 내 어중간한 성적으로는 어림도 없는 학교니까. 그럼에도 나는 이 학교 국문과를 꿈꾸었는데 그건 국어 선생이 바로 이 학교 국문과를 나왔기 때문이었다. 나는 조금은 우울했고 기가 죽어 안 그래도 힘없던 머리카락이 삶은 옥수수염처럼 축 처졌다. 눈 밝은 대학생들이 내 부족함을 한눈에 알아볼까 봐, 손가락질하며 비웃을까 봐 두려웠다. 지후는 재학생처럼 당당했다. 멀리서도 눈에 띄는 커다란 장미꽃 다발을 들고도 씩씩하게 잘도 걸었다. 지후는 미로처럼 복잡한 건물 사이를 지나, 고등학교가 사거리라면 대학교는 도시였고, 고양이 상 근처 연못에 이르렀고, 주위를 휙휙 잠깐 둘러보곤 곧장 벤치에 앉아 있는 여대생들에게로 다가갔다. 지후가 여대생에게 마음이 있었다니. 내가 먹은 세 번째 스트라이크였다. 공 세 개로 아웃당한 내가 타석에서 쓸쓸하게 물러났을 때 지후는 왼쪽에 앉은 여대생에게 꽃다발을 건네려 애쓰며 끈질기게 말을 걸었다. 지후답지 않은 과장된 표정, 그리고 수식어 가득한 어리석고 기름지고 낯선 어휘들을 보고 들으며 조심스럽게 그 여대생을 살폈다. 고개를 숙이고 있어 얼굴이 잘 보이지는 않았지만 부분으로 전체를 파악하기는 어렵지 않았다. 처음 든 생각은 왜, 였다. 대학교라는 도시에는 눈부신 여대생들이 많았다. 곳곳에 눈부신 태양이 떠 있는 신비한 다중 우주. 칙칙한 남자 고등학교보다 스무 배, 아니 백배, 아니 천만 배는 밝은 장소였다. 지후가 고른 여대생은 빛의 우주에 어울리지 않는 부류였다. 여대생에게 말하긴 좀 그렇지만 머리는 빗질도 제대로 하지 않은 것 같았고 입고 있는 국방색 군용 점퍼는 지저분했다. 옆에 앉은 여대생은 예쁘다기보다는 수수하고 단정한 편이었으나 비교우위의 법칙에 따라 지후 앞의 여대생보다는 훨씬 더 나아 보였

다. 여대생의 용모도 용모였지만 사실 나는 지후가 내뱉고 있
는 말들을 도무지 이해할 수 없었다. 선운사는 뭐고 죽음의 날
은 또 뭔가? 게다가 아버지가 외교관이라니, 지후에 대해, 그
리고 그의 집안 사정에 대해서 상세히는 몰라도 아버지가 건축
관련 사업을 하고 있으며 대부분의 현장이 지방에 있는 까닭에
일 년의 대부분을 집 밖에서 보낸다는 기초 지식 정도는 숙지
하고 있었다. 그런데 외교관이라니, 멕시코라니? 지후가 더듬
거렸다. 무슨 사정인지 몰라도 서로 사귀기로 약속한 친구로
서 지후를 양치기 소년의 위기에 빠뜨릴 수는 없었다. 대통령
궁 근처에 살았다며 끼어든 이유였다. 카를로스가라는, 외교관
지구라는, 존재 여부도 명확치 않은 지명과 지구를 멋대로 창
작해 내뱉은 이유였다. 지후가 내게 고개를 미묘하게 살짝 끄
덕인 순간 옆자리 여학생과 눈이 마주쳤다. 다시 말하지만 놀
랄 만한 예쁜 얼굴은 전혀 아니었는데, 오히려 고양이 상을 조
금 닮은 얼굴이었는데 갑자기 얼굴이 화끈거려서 나도 모르게
고개를 돌렸다. 사실은 저 고등학생입니다, 멕시코에 대해서
도 전혀 몰라요, 죄송해요, 문제를 일으킬 생각은 없었어요, 하
고 느닷없이 죄를 고백하고 싶은 마음이 불쑥 솟아나서 참느라
애를 먹었다. 다음 순간 나를 당황하게 한 그 여대생의 이름이
혜연, 지후가 목표로 둔 여대생의 이름이 주미라는 걸 알게 되

었다. 마음을 공부하는 심리학과 1학년, 우리의 2년 선배. 혜연이라는 이름을 머릿속으로 굴려 볼 틈도 없이 불꽃이 튀었다. 주미가 지후의 꽃다발을 갑자기 낚아챘기 때문이었다. 의외의 반전. 로맨스보다는 스릴러 장르에 더 가까운. 분위기가 심상치 않았다. 나는 손을 심하게 움직이며 당황을 감추지 못하는 지후의 옆구리를 잡아 옆 벤치에 앉게 했다. 우리는 벤치에 앉아 오늘의 주연인 주미의 행동을 지켜보았다. 주미의 연기는 훌륭했다. 주미는 장미꽃잎을 주의 깊게 하나씩 하나씩 뜯어냈다. 조연인 혜연의 연기 또한 볼만했다. 주미는 무표정했으며 혜연은 무관심했다. 꽃잎이 쌓였고, 바람이 불었고, 꽃잎이 사라졌다. 다시 바람이 불자 혜연이 주미에게 뭐라 조용히 말했고, 주미가 혜연의 손을 잡았다. 주미는 혜연의 손을 잡은 채 지후에게 회의 결과를 통보했다. 결정했어. 너에게 우리의 삶을 맡겨 보기로. 오늘 하루, 너는 우리의 주재자야.

기묘한 대사였다. 삶을 맡기다니, 주재자라니, 왠지 27세기 은하 철도를 타고 19세기 고딕 소설 한가운데로 잘못 뛰어 들어온 기분이었다.

오늘은 죽음의 날입니다

5.

버스를 타면 늘 아빠 생각이 난다. 고 삼이던 작년 여름부터 생긴 증상. 무심코 다락방에 올라갔다가 아빠의 책 더미 사이에서 빛이 바랜 연분홍색 파일을 찾아 읽은 뒤부터. 꼭짓점이 비뚤어진 이등변 삼각형 모양의 좁은 다락방엔 아빠의 책들이 재개발이 필요한 아파트처럼 기우뚱한 자세로 서로의 눈치를 보며 서 있었다. 중간 즈음에 파일 한 권이 섞여 있는 게 눈에 띄었다. 아파트가 무너지지 않도록 조심스럽게 책들을 밀고 당긴 뒤 파일을 꺼냈다. 제 빛을 잃은 연분홍색은 중병에 걸린 미니마우스 같았다. 먼지를 털고 열어 보니 파일은 추레하고 지쳐 보이는 겉과는 달리 시황제의 귀중한 유물 창고였다. 아빠가 썼던 소설 수십 편이 벌집 고시원의 좁은 공간에서 숨죽이고 거주하고 있었다. 한때 아빠는 소설가였다. 할머니에게 백기 투항한 후 아빠는 소설가를 그만두었다. 은퇴, 라고 공식적으로 선언하지는 않았으나 그 뒤로는 소설도 전혀 쓰지 않았고, 내가 알기로는, 책을 한 권도 낸 적이 없으니 은퇴나 마찬가지인 셈이었다. 물론 아빠는 은퇴를 인정하지는 않았다. 대학에 합격했다는 사실을 알린 후 나도 모르게 왜 소설을 더 쓰지 않느냐고 묻고 말았다. 아빠는 원고는 불타지 않는 법이라는 이상한 비유로 대응했다. 내가 아빠의 소설에 지대한 관심을 갖고 있었던 걸로 오해할 수 있겠다. 그렇지는 않다. 고등학교에 입학한 후 처음 도서실에 갔을 때의 일을 설명하는 게 좋겠다. 도서실 서가에서 예고도 없이 아빠의 책과 마주쳤을 때 나는 남자 친구의 손을 잡고 걷다가 아빠를 만난 것처럼 정말 깜짝 놀랐다. 아빠가 소설을 썼다는 건 알았지만 아빠의 책을 읽어 본 적은 없었다. 아빠가 내게 권한 적도 없었고 내가 찾아 읽은 적도 없었다. 무슨 까닭인지 아빠가 머뭇거리고 엄마가 방관하는 사이 아빠의 소설은 우리 가족에게 일종의 금기 비슷한 것이 되었다. 아빠의 책에 당황한 나는 다른 서가로 도망치듯 걸음을 옮겼다가 다시 돌아와 한숨을 쉬며 잠깐 망설인 후 책을 꺼냈다. 독서는 금방 끝났다. 몇 장 읽지 못하고 덮었다. 혈연유착이랄까, 되도록 높은 점수를 주려고 부정한 마음을 굳게 먹었음에도 나는 10점 만점에 7점 이상은 줄 수 없었다. 고등학생이 쉽고 재미있게 읽을 수 있는 책은 아니었다. 그게 내가 십 분도 안 되어 책장을 덮은 유일한 이유는 아니었다. 소설 속 여자애의 이름은 내 이름과 같은 혜연이었다. 혜연이 걷고 혜연이 생각하고 혜연이 사람을 만났고 혜연이 울었다. 나는 책을 덮은 후 요리 책 서가 빈자리에 아빠 책을 거꾸로 처박았다.

다락방에서 꺼낸 아빠의 귀중한 유물 파일에서는 옅은 곰팡이 냄새가 났다. 왠지 그립고 어쩐지 억울해서 한 장 한 장 조심스럽게 넘겨 보았다. '버스'라는 제목의 소설이 눈에 들어왔다. 분량부터 확인했다. A4용지 네 장이 채 안 되는 짧은 소설이었다. 그 자리에서 바로 읽기 시작했다. 마을버스 운전사가 어느 날 갑자기 정해진 노선을 벗어나 국도를 달린다는 내용이었다. 승객들은 처음엔 당황했고 그 다음엔 흥겨워했다. 모두들 노래하고 춤추는 동안 버스는 낯선 곳에 도착했다. 그곳은 바로 공동묘지였다. 승객들은 마을버스 기사에게 고맙다는 인사를 하고는 버스에서 내려 무덤 속으로 들어갔다. 일종의 블랙코미디 같은 소설이었다. 읽는 도중엔 재미있었으나 다 읽으니 기분이 쓸쓸해지고 마음이 먹먹해졌다. 아빠는 왜 이런 말도 안 되는 어두운 소설을 썼을까? 원고에는 완성한 날짜가 적혀 있지 않았다. 언제 쓴 소설인지 출력물로는 정확히 확인할 수 없다는 뜻이다. 다락방에 책을 옮긴 시기를 감안하면, 빛이 잔뜩 바랜 파일이 책 더미 중간에 숨바꼭질하듯 숨어 있다가 밖으로 나오기를 포기하고 아예 잠이 들어 버렸다는 것을 감안하면 십 년 이상 되었을 가능성이 높았다. 그럼에도 난 아빠가 엄마와 함께 가든을 지배하면서 쓴 소설이라 믿기로 했다. 이유? 그런 건 없다. 난 탐정도, 심리분석가도 아니니까. 고기는 불에 타서 숯이 되어도 원고는 결코 타지 않으니까. 결정적 증거가 발견되기 전에는 무죄로 추정되니까. 증거는 하나도 없었지만 그냥, 그냥 그렇게 믿고 싶었다.

오늘 하루 우리의 삶을 책임진 주재자 지후는 우선은 버스를 타고 일정 거리를 이동해야 한다고 설명했다. 우리는 지후가 손가락을 뻗어 가리키는 버스를 말 잘 듣는 유치원생처럼 한 줄로 서서 탔다. 투어 인솔자의 책임감으로 맨 뒤에 선 지후는 차비는 자기가 낼 테니 손님들은 그냥 타기만 하면 된다고 목소리를 높였다. 나와 주미는 지후의 쉿소리를 배경으로 들으며 뒤에서 세 번째 자리에 나란히 앉았고, 뒤이어 버스를 탄 지후와 민호는 남학생들이 흔히 그러듯 맨 뒷자리를 점령했다. 우리는 서로 알은체도 하지 않았다. 모르는 사람이 봤다면 그들과 우리는 아무 관계도 아니라고 생각했을 것이다. 문

오늘은 죽음의 날입니다

이 닫혔고 버스가 덜컹하며 느리고 둔하게 움직였다. 28-2번, 처음 타 보는 버스였다. 노선표를 잠깐 보았다. 생소했다. 모르는 동네 이름투성이였다. 대학생이 된 뒤로도 학교와 집만 오간 나로서는 지후가 가려는 곳이 어디인지 짐작조차 안 갔다. 버스가 제 속도로 달리기 시작하고 학교가 멀어졌다. 심장 깊은 곳에서 불안감이 빠르게 올라올 줄 알았는데 기분이 도리어 좋아졌다. 조금 전까지의 뿌연 안개 같던 불투명한 감정은 버스의 속도를 따라오지 못하고 날아갔고 가벼운 해방감을 띠로 두른 감상적 사고가 피부를 뚫고 뭉게뭉게 피어올랐다. 우리 사이엔 역사적인, 그래 봤자 이름 없는 이들의 사소한 역사겠지만, 기념비적인 날이었다. 드디어 주미와 함께 버스에 나란히 앉은 것이다. 주미의 집은 내가 사는 곳과는 정반대 방향이었다. 이름만 들어 봤지 한 번도 가 본 적이 없는 동네에 주미는 살았다. 우리는 학교 앞에서 밥을 먹거나 차를 마시거나 아주 가끔 술을 마셨다. 홍대, 가로수길, 경리단길, 연남동, 익선동 같은 우리 또래 젊은이들이 출석하듯 다닌다는 동네에 가 보자는 말을 몇 번인가 나누었고 언젠가 한 번은 손가락 걸고 앞으로 열흘 내에 무슨 일이 있어도 결행하자는 삼국지나 수호지 식의 굳은 약속까지 했지만 실제로 가 본 적은 없었다. 심지어는 대학생이 된 후 처음 맞은 여름방학 때도 고지식하게 학교에 나와 함께 최신 일본어 강좌를 들었을 뿐이었다. 생각해 보니 조금 이상하긴 했다. 만난 지 육 개월이 넘었는데 나는 학교의 주미, 즉 반쪽의 주미밖에는 모르는 것이었다. 반쪽인지도 확실하지는 않았다. 사분의 일, 팔 분의 일, 십육 분의 일, 삼십이 분의 일일지도 몰랐다. 어제까지 일면식도 없던 지후라는 외부인이 마련한 이 기묘한 여행은 어쩌면 주미에 대해 더 잘 알 수 있는 절호의 기회가 될 수도 있었다. 게다가 처음 타 보는 번호의 버스라니 왠지 아빠 소설 속의 등장인물이 된 느낌도 들었다. 물론 이 버스는 공동묘지로 향하진 않겠지. 죽음으로 곧장 들어가는 버스라니, 그건 소설 속에서나 가능한 결말이니까. 주미에게 말을 걸었다. 이런 식의 가벼운 일탈도 나쁘지는 않네. 전공 필수 과목을 빼먹고 왔는데도 마음이 구름처럼 가벼워.

그렇지? 우린 대학생치곤 너무 착하게만 살았어. 그래서야 눈물 흘리며 죽도록 고생한 보람도 없지.

주미답지 않은 과장된 표현이었다. 주미는 뜻밖에도 밝았다. 장미꽃잎을 독일군처럼 꼼꼼히 학살하던 때와는 백팔십도 다른 사람이었다. 마음이 놓이면서도 새로운 걱정이 피어났다. 밝은 주미, 혹은 밝은 척하는 주미. 지금껏 내가 알던 주미가 아닌 다른 주미가 앉아 있는 느낌. 외양은 같으나 마음은

오늘은 죽음의 날입니다

다른. 고양이의 두 번째 마음. 비유하자면 짙고 어두운 그늘에 거주하던 주미가 눈 질끈 감고 양지로 뛰쳐나온 격이랄까? 자발적이라기보다는 떠밀려서, 억지로, 어쩔 수 없이. 그럼에도 제자리로 돌아가려 하지 않고 어떻게든 양지에서 버티려고 애쓰는. 아마도 지후 때문이겠지. 낯선 지후가 어떤 식으로든 주미의 마음에 영향을 미친 게 분명해. 어쩌면… 왜 이런 생각이 드는지는 설명하기 어렵지만 주미는 지후를 처음 보는 게 아닐 수도 있겠어. 하지만… 아주 잘 아는 것 같지는 않고. 그렇다고 아예 모르는 것 같지도 않고. 둘은 대체 어떤 관계일까? 정말 서로 아는 사이였을까? 둘 사이에도 순정만화 식 로맨스 스토리가 존재할까? 장미꽃은? 선운사는? 꽃무릇은? 지후라는 애는, 하고 조심스럽게 말을 꺼내려는데 주미가 먼저 입을 열었다. 내가 읽고 있는 소설에 주인공이 이층 버스에 올라타고 런던 시내를 돌아다니는 장면이 나와. 주인공인 부인은 그걸 탐험이라고 부르지. 더 인상적인 구절은… 주미는 말을 멈추고 가방에서 책을 꺼냈다. 푸른 표지에 박힌 검은 제목이 살짝 보였다. 그래, 댈러웨이 부인. 주미가 말하는 내용이 어쩐지 익숙하다 싶었어. 내가 좋아하는 댈러웨이 부인, 고등학교 때만 이미 두 번이나 읽었던 댈러웨이 부인을 주미도 읽고 있던 것이다. 나의 친구, 주미. 어쩌면 우리의 영혼은 생각 이상으로 닮아 있을지도 모르겠다. 어쩌면 우리는 어릴 적 헤어진 이란성 쌍둥이였던 걸까? 주미가 책을 펼치며 내 달콤한 환상이 한없이 커지는 것을 막았다. 여기 있네. 버스에 앉아 있는데 꼭 어디에나 있는 것 같다고. 그리고 여기… 자기는 모든 장소라고. 멋진 표현이지?

그러네. 내가 좀 봐도 될까?

주미가 건네는 책을 받았다. 내가 이미 두 번 읽고 사랑했던 바로 그 책은 아니었다. 출판사가 다르고 번역자가 달랐다. 주미가 방금 읽었던 구절이 어딘지 익숙하면서도 처음 듣는 것처럼 생소했던 이유일 것이다. 내가 책을 살피는 동안 주미는 말했다. 버지니아 울프야말로 진정한 심리학자 같아. 한 장, 또 한 장을 읽을 때마다 깜짝깜짝 놀라게 돼. 꼭 내 마음을 들킨 것 같아서. 네 말대로 쥐를 연구한다고 사람에 대해 더 잘 알게 될 것 같지는 않아. 마음 연구를 빙자해서 의미 없는 살육을 자행할 바엔 차라리 버지니아 울프의 소설을 함께 읽는 게 더 낫겠지. 적어도 책은 아무도 죽이지 않으니까.

주미가 들켰다는 마음이 뭔지 알고 싶었다. 주미의 마음을 책처럼 꺼내서, 펼쳐서 한 글자도 빼놓지 않고 꼼꼼히 읽고 싶었다. 주미가 말해 줄 리는 없겠지. 친구라면, 영혼의 동반자라면 그 정도는 스스로 알아내야겠지. 댈러웨이 부인을 꼼꼼하

오늘은 죽음의 날입니다

게 다시 읽어야겠다. 새 책을 사야겠다. 주미가 읽는 것과 똑같은 푸른 표지의 책으로. 책을 뒤적이는데 익숙한 이름이 눈에 들어왔다. 셉티머스. 나도 모르게 자꾸 셉템버스라고 잘못 읽었던 기억이 새삼 떠올라 웃음이 나왔다. 셉템버스는 의미적인 측면에서도 오류였다. 사실 소설 속의 셉티머스는 초가을인 구월(셉템버)보다는 가을의 끝인 십일월(노벰버)에 더 가까웠다. 김홍도가 죽기 전에 마지막으로 그렸다는 센티멘털의 극치인 추성부도처럼. 겨울로 직진하는 폐허 직전의 정신을 더 견디지 못하고 유리창 밖으로 뛰어내렸으니까. 깨진 유리는 쓰러진 그의 몸 위에 비에 젖은 낙엽처럼 맥없이 떨어져 내렸을 것이고, 아니, 유리가 깨졌었나? 창문을 열고 뛰어내리지는 않았나? 모르겠다. 죽음의 장면이 소설 속에 어떻게 나와 있는지는 정확하게 기억나지 않았다. 소설이란 읽을 땐 선명한데 시일이 지날수록 세부가 희미해지는 법이니까. 꼭 우리의 기억처럼. 삼사 일 전에 꾸었던 꿈처럼, 혹은 어젯밤 꿈처럼, 혹은 아직 오지 않은 미래처럼. 나는 남자의 몸에서 깨진 유리조각을 치우며 버지니아 울프를 생각했다. 많은 여성들이 버지니아 울프 하면 자기만의 방, 3기니, 페미니즘 같은 것들을 제일 먼저 떠올리며 선구자 내지 믿음직한 동지로 여기지만 내 생각은 좀 달랐다. 내게 울프는 죽음이었다. 울프의 또 다른 소설

등대로에서 등장인물들이 덧없이 죽어 사라지는 것만 봐도 알 수 있다. 울프는 한 사람을 처리하는 데 한 문장 이상을 쓰지도 않았다. 문장 하나로 사람을 죽이다니, 그건 차라리 학살이었다. 쥐를 죽이는 것도 모자라 사람까지 없애 버리다니 심리학과는 관계가 멀었다. 나만의 비밀 하나 더. 나는 셉티머스를 읽으며 아빠를 생각했다. 말도 안 되는 연상이었다. 아빠는 자살을 기도한 적이 없었다. 키는 백팔십오에 몸무게는 구십 킬로가 훨씬 넘는 거구의 아빠는 정신적으로도 강한 사람이니까 그런 일은 없었을 것이고 앞으로도 없을 것이다. 그런데도 나는 어느 순간부터 아빠와 셉티머스를 동일시했고 셉티머스가 죽었을 때 책장을 덮고 가족을 잃은 것처럼 슬프게 숨을 죽여 울었다. 책을 돌려주며 주미에게 말했다. 책도 죽이기는 해. 아니 작가도 누군가를 잔인하게 죽이기는 한다고 말해야 할까? 버지니아 울프는 원래 댈러웨이 부인을 죽이려고 했대. 그러다가 마지막 순간에 마음을 바꿔 먹었대. 부인 대신 셉템버스, 아니 셉티머스라는 남자를 죽이기로.

내 말을 들은 주미의 얼굴이 변했다. 잠깐 밝았던 얼굴, 두 번째 얼굴은 사라지고 그늘 짙은 원래의 얼굴로 돌아왔다. 밝음에 잠깐 곁눈질을 하며 발을 담갔던 탓일까, 주미의 얼굴은 전보다 더 피곤하고 어두워 보였다. 꼭 세 번째 마음처럼. 주미는

오늘은 죽음의 날입니다

내 말을 참고 견디듯 눈을 꼭 감았다 다시 떴다. 책 표지를 아이 달래듯 손으로 쓰다듬다가 가방에 넣으며 말했다. 물결 같은 책이야. 너도 한 번 읽어 봐.

처음 맛보는 차가운 감각. 얼음 같은 냉정함. 주미는 죽음에 관한 내 견해를 아예 못 들은 것처럼 무시했다. 왜 그랬을까? 어떤 식으로든 내 말엔 꼭 응대하던 주미였는데. 주석과 밑줄을 빼놓지 않았던 꼼꼼한 주미였는데. 내겐 늘 변함없이 친절하던 주미였는데. 죽음이라는 단어 때문이었을까? 그럴 리가. 죽음의 날을 언급한 것도 주미였는데. 내게 죽음을 환기시킨 건 바로 주미였는데. 내 마음을 몰라주는 주미가 조금, 손톱 아래 반달처럼 아주 조금 원망스러워졌다. 주미 식으로 말하면 잔물결만큼. 개가 죽을 때 어떤 소리를 내는지 알아? 눈앞에서 아직 어린 거인의 커다란 죽음을 본 적이 있어? 우주가 이상한 소리를 내며 갑자기 망가지는 걸 혼자 목격한 적이 있어? 못된 질문을 늦가을 우박처럼 주미의 그늘 밭에 쏟아 붓고 싶어졌다. 주미의 농사를 망치고 싶었다. 아무것도 수확하지 못하게 만들고 싶었다. 아, 그게 아니었다. 그건 내 머릿속에서 나온 생각이 아니었다. 나는 주미를 괴롭히고 싶지 않았다. 주미의 작물에 상처를 내고 싶지 않았다. 주미는 나의 하나밖에 없는 친구니까. 주미의 숨겨진 아름다움을 아는 건 나밖엔 없으니까. 못된 건 나였다. 나는 더 노력해야 한다. 주미처럼 빙긋 웃으려 애쓰며 말했다. 꼭 읽어 볼게.

6.

버스를 타면 늘 엄마 생각이 난다. 아니, 아빠 생각이 난다고
바꿔 써야 할까? 어느 날 갑자기 아빠가 집을 나가 사라진 후
엄마는 아빠를 찾아 나섰다. 나와 나보다 두 살 어린 여동생을
데리고 이 버스, 저 버스를 옮겨 다니며 아빠를 찾아 헤맸다.
시내버스를 가장 많이 탔고, 시외버스와 고속버스도 몇 번인
가 탔고, 한두 번인가는 공항버스도 탔다. 의자가 넓고 크고 안
락해서 놀랐던 기억이 여태 생생하다. 아빠가 머무름직한 곳
에 대한 단서를 과연 엄마가 갖고 있었는지는 확실치 않다. 그
렇다고 믿기엔 엄마의 방식이 너무 제멋대로였다. 아침에 우
리를 끌고 버스 정류장에 도착해선 가장 먼저 오는 버스에 올
랐고, 적게는 두세 정거장, 많게는 예닐곱 정거장 지나 내려서

는 곧바로 다음 버스를 탔다. 시외버스와 고속버스를 탄 건 내 생각에 어쩌다 보니 터미널 근처에 도달했기 때문이었고, 공항버스를 탄 이유도 크게 다르지는 않아 보였다. 그때 난 초등학교 4학년이었지만 학교도 안 가고 일주일쯤 버스만 타고 또 탄 이후로는 엄마 앞에 서서 허리에 손을 올리곤 진지하게 조언을 하고 싶었다. 정말로 아빠를 찾고 싶다면 아빠를 잘 아는 사람들, 이를테면 할아버지와 할머니, 삼촌, 아빠의 친구들, 혹은 회사 동료들을 만나는 게 먼저일 거라고. 나는 아무 말도 하지 않았다. 엄마가 아빠를 찾기 위해 가족을 방문하고 주변 인물을 탐문하는 대신 우리를 데리고 버스를 타고 또 타는 데에는 엄마 나름의 특별한 이유가 있을 거라고 믿었다. 내게 엄마는 모르는 게 없는 사람이었으니까. 버스 여행은 열흘이 채 안 되어 이렇다 할 성과도 없이 막을 내렸다. 그때 우리가 다녔던 곳에 대해선 어디나 다 같아 보이던 정류장, 터미널, 공항 말고는 전혀, 라고 할 정도로 기억이 없다. 머릿속에 새겨진 유일한 장소는 마지막 버스에서, 왠지 그런 생각이 들었고 실제로도 그랬다, 내려 집으로 오는 길에 들렀던 성당이었다. 성당에 들어간 건 그때가 처음이었다. 우리 가족이 완전체였던 시절 일요일의 일과는 동네 공원에 놀러가거나 신세계 백화점에 가거나 집에서 국수나 부침개 같은 음식을 만들어 먹으며 티브이

오늘은 죽음의 날입니다

를 보는 것이었지 경건한 종교 생활은 아니었다. 엄마는 야외의 검은 마리아 상 앞에서 잠시 고개를 숙였고, 예루살렘에서 가져왔다는 문구가 새겨져 있는, 그러나 남산에도 즐비할 것 같은 평범한 돌을 쓰다듬었고, 본당에 들어가기 전 촛불에 불을 붙였고, 본당에 들어가서는 맨바닥에 무릎을 꿇고 손을 모았다. 엄마의 행동을 기억하는 건 나도 여동생도 엄마를 그대로 따라 했기 때문이었다. 엄마가 강요해서가 아니라 마땅히 그래야 하는 것 같아서가 아니라 그저 재미있어 보여서. 성당에 머문 시간은 이십 분이 채 되지 않았다. 그 이십 분이 못 잊을 정도로 좋았던지 여동생은 그 뒤로도 몇 년 동안 계속 성당에 다녔다. 나도 꽤 좋긴 했지만 잊지 못할 정도는 아니었다. 동네를 걷다가 아 여기 성당이 있었지, 하고 검은 마리아와 이스라엘산 돌멩이와 촛불은 생략한 채 곧바로 본당 안으로 들어가 관광객처럼 성상이나 스테인드글라스 따위를 기웃거릴 뿐이었다. 여행을 마치고 며칠이 지난 후 엄마는 오병이어라는 신성하고 괴이한 이름의 분식점을 차렸다. 아, 담임이 엄마에게 전화를 했을까?

버스에 탄 지후는 말이 없었다. 홀로 여행하는 사람처럼, 나를 잊은 사람처럼 창밖만 보았다. 여행의 인솔자, 주재자란 생각은 머리카락 한 올만큼도 없어 보였다. 좌향좌한 지후의 머리만 감상할 수는 없었기에 앞을 보았다. 그들을 보려던 건 아니었다. 나의 특별하지 않은 신체 구조상 우리의 조금은 기묘한 일행이 어쩔 수 없이 눈에 들어왔을 뿐이다. 둘은 책 한 권을 꺼내 들고 이야기를 나누는 중이었다. 푸른 바다 같은 표지, 검은 뗏목 같은 제목이 보였다. 댈러웨이 부인. 버지니아 울프의 책. 내가 망상하기도 어려운 대학에 다니는 반듯하고 훌륭한 대학생들이 읽는 책. 버지니아 울프라면 나도 들어 본 적이 있었다. 댈러웨이 부인이라면 나도 읽을 뻔한 적이 있었다. 고등학교에 입학하고 이 주일이 조금 지났을 때 도서실 서가에서 잠깐 살폈다가 다시 넣었던 책이 바로 댈러웨이 부인이었다. 아마도 그건 버지니아 울프에 대한 내 조그만 편견 때문이었을 것이다. 주머니에 돌을 넣고 강물에 뛰어들어 자살한 사람. 살아 있는 사람은 누구나 죽는다지만, 아직 죽지 않은 사람을 살아 있는 사람이라 부른다지만 버지니아 울프 식으로 생을 마감하는 건, 무서웠다. 나는 자살하고 싶지 않았다. 만에 하나 스스로 목숨을 끊어야 하는 상황이 오더라도 강물에 뛰어들고 싶지는 않았고 주머니를 돌로 채우고 싶지도 않았다. 공기도 없는 물속에서 생을 마감하다니! 돌까지 채운 모진 마음이라니! 물고기에게 죄를 전가하는 악행이라니! 그럼 어떤 방법을 택할 것인가? 모르겠다. 나는 내 손으로 내 삶을 중단하는 것에

오늘은 죽음의 날입니다

대해 깊게 생각해 본 적이 없었다. 내게 죽음은 아직은 먼 나라 이야기였다. 나는 댈러웨이 부인은 건너뛰고 호밀밭의 파수꾼을 읽었다. 그 뒤 위대한 개츠비, 토니오 크뢰거, 데미안, 마음, 도련님, 젊은 예술가의 초상 등도 섭렵했다. 내 돈으로 산 책은 한 권도 없었다. 나는 그 책들을 나보다 키가 더 작은 국어 선생의 수업을 몇 차례 듣고 정신을 빼앗긴 후 학교 도서실에서 빌려 읽었던 것이다. 얼마 전 수레바퀴 아래서와 마의 산을 반납했을 때의 일이다. 새로 온 지 얼마 안 된 사서 선생은 잘못 인쇄된 문장 같은 웃음을 머금은 채 내 눈을 보며 말했다. 이런 책들만 골라 읽는 건 이 학교에서 학생이 유일해요.

이런 책이라는 표현에 반감이 꿈틀 솟았다. 무슨 뜻일까? 나를 비웃나? 질문은 아니었기에 고개만 숙여 보인 후 나오려는데 곧장 질문이 이어졌다. 수레바퀴 아래서는 나도 참 좋아하던 책이었는데. 어느 부분이 제일 좋았어요?

어른의 질문을 무시하는 건 예의가 아니었다. 나는 머리를 긁으며 어려워서 잘 모르겠다고, 실은 끝까지 읽지도 않았다고 대답했다. 거짓말이었다. 나는 책을 다 읽었고, 특히 수레바퀴 아래서는 두 번을 거듭 읽었기에 내 머릿속에 각인된 구절과 장면 또한 영화처럼 선명하고 확실했지만 말하지 않았다. 사서 선생을 무시해서는 아니었다. 내 기억을 선생과 공유하고 싶지 않았을 뿐이었다. 나는 사서 선생을 잘 몰랐고 사서 선생 또한 나를 잘 몰랐다. 나는 책을 빌렸고 사서 선생은 책을 빌려주었을 뿐이었다. 좋아하는 소설의 구절과 장면을 남에게 말하는 건 마음에 둔 여자애의 이름을 엄마와 여동생에게 털어놓는 것과 같다고 내가 굳게 믿고 있다는 것을 사서 선생은 꿈에도 몰랐을 것이다. 지후가 물었다면? 글쎄, 어쩌면, 어쩌면 대답했겠지. 어쩌면 대답하지 않았을 테고. 가능성 제로의 가정이었다. 내가 아는 한 지후는 소설을 읽지 않았다. 소설 아닌 그 어떤 책도, 문자로 된 그 어느 매체도 성실히 읽는 것 같지는 않았다. 혜연이 묻는다면? 댈러웨이 부인을 읽었다면 개츠비도, 데미안도, 수레바퀴 아래서도 읽었을 것이다. 고개를 저었다. 혜연이 물을 리가 없었다. 우린 그런 문답을 주고받을 만큼 친밀한 사이가 아니니까. 친밀을 떠나 삶의 단계와 수준 자체가 다르니까. 혜연은 대학생이고 난 고등학생이니까. 그건 우주가 다르다는 뜻이니까. 아무리 분발해도 혜연의 수준에 이르기는 불가능할 테니까. 우리의 간격은 결코 좁혀지지 않을 테니까. 제논의 역설이라는 땅에서 거북이 뒤를 따라 달리는 아킬레우스처럼. 게다가 난 아킬레우스도 아닌걸. 혜연 또한 거북이일 리 없었고 엄마는 여신이기는커녕 그저 분식집 주인일 뿐. 타오르는 헛간을 몰래 보고 있는 것처럼 마음이 불안했다. 우리

오늘은 죽음의 날입니다

가 고등학생이라는 사실을 들키면 어떻게 되는 걸까? 범죄는 아니었다. 그러나 애매한 관계가 곧장 끝날 만큼의, 온갖 욕을 배부르게 먹고 비웃음을 모아 새 집도 알뜰하게 장만할 만큼의 거짓말인 건 확실했다. 지후에게 조용히 말을 걸었다. 그런데 왜 우릴 국문과라고 소개했어? 대학엔 과도 많고 많은데.

쉿. 지후가 검지를 입으로 가져갔다. 지후의 시선은 어느새 우리의 동행에게로 향해 있었다. 혜연보다는 주미일 테고. 문득 궁금했다. 지후는 언제부터 주미에게 관심을 가졌을까? 어떤 계기가 있었기에 지후의 마음이 주미에게 쏠렸을까? 지후의 얼굴엔 분노가 가득했다. 온몸의 분노를 얼굴로 모아 분출하는 연습을 하는 것 같았다. 처음 보는 얼굴이었다. 내가 아는 지후가 아닌 것 같았다. 진지함과는 또 다른 무엇이었다. 이건 도대체 뭘까? 지후는 감정을 쉽게 드러내는 유형이 아니었다. 지후가 내 귀에 대고 속삭였다. 죽ㅇ 버리겠어.

뭐라고? 나의 되물음에 지후는 답하지 않았다. 버스에 처음 탔을 때처럼 다시 모르는 사람이 되어 창밖만 볼 뿐이었다. 마치 아무 말도 하지 않았던 것처럼. 내내 그러고 있었던 것처럼. 영원히 풀 수 없는 시험 문제를 받은 기분이었다. 지후가 내게 정말 속삭이기는 했나? 내가 되묻기는 했나? 기이한 꿈, 혹은 환청 같았다. 그 꿈, 혹은 환청 속에서 지후는 정확히 뭐라고

한 걸까? 죽어 버리겠어였나, 죽여 버리겠어였나? 지후에게 들었다고 생각되었던 말을 속으로 반복했다. 반복할수록 답을 찾기는 더 어려워졌다. 둘 다인 것 같았고 둘 다 아닌 것 같았다. 체했을 때처럼 머리가 약간 무겁고 어지러웠다. 하늘에 붕 떠 있으면서 동시에 물속 깊이 가라앉아 있는 것 같았다. 나는 익룡이면서 수룡이었다. 물론 익룡도, 수룡도 이미 오래전에 소멸했다. 그러므로 나는 고조선이 건국하기도 전에 이미 사라져 버린 존재였다. 뜨거워진 이마를 만지며 생각했다. 엄마가 내게 전화를 했을까? 이민호, 이 학년, 쌍룡고등학교, 쌍룡동, 북동구, 서울시, 한국, 아시아, 세계, 우주. 우주 다음엔 신이 있겠지. 신 다음엔 완벽한 무(無)만이 존재할 테고. 아니다. 무, 없음이 존재한다는 게 가능한가? 그건 죽은 자가 살아 있다는 것과 똑같은 말 아닌가? 태초란 도대체 무슨 뜻일까? 신은 또 뭘까? 살고 죽는 건? 존재는? 손바닥에서 차가운 땀이 흘렀다. 내 몸에서 흐르는 땀이 더 이상 내게 속해 있지 않은 느낌이 들었다. 오히려 나는 땀의 부산물이었다. 어떻게 된 걸까? 오전보다 내 존재는 훨씬 더 희미해진 것 같았다. 학교를 가지 않았기 때문일까? 내 장소를 버렸기 때문일까? 어쩌면 지금 나는 이 학년도 아니었고 어쩌면 이민호도 아닐지 몰랐다. 어느새 바짝 말라 버린 손바닥으로 여전히 뜨거운 이마를 만지며

오늘은 죽음의 날입니다

다른 생각을 하려 애썼다. 지후의 엄마는 학교를 그만두겠다는 지후의 요청을 왜 그렇게 쉽게 받아들였을까? 호기심 많은 아이들로부터 엿들은 정보에 의하면 퇴교를 주장한 건 지후가 아닌 지후의 엄마였다고 한다. 지후의 엄마는 별일 아닌 것처럼 웃으며 담담하게 그 말을 했다고 아이들은 전했다. 아이들이 본 게 과연 전부일까? 아이들은 중요한 뭔가를 빼먹은 건 아닐까? 중간 이후부터 목격한 건 아닐까? 아니, 과연 아이들이 교무실을 염탐하긴 했을까? 지후의 엄마는 아들을 사랑하는 걸까, 미워하는 걸까, 방치하는 걸까? 건물을 부수고 짓는 일에 전문가라는 지후의 아빠는 지후의 미래를 단번에 부순 엄마의 결정에 왜 동의한 걸까? 아니, 동의하긴 했나?

눈을 감았다 떴다. 아직도 어지럼증이 완전히 사라지지는 않았다. 혼란스러워질 대로 혼란스러워진 마음을 다스릴 특별한 방법이 필요했다. 지후에게 빼앗긴 창문 대신 반대편 창문을 보았다. 지나가는 차들을 수색하듯 노려보았다. 1256은 3과 1, 아니었다. 4734는 1과 7, 이것도 아니었다. 내가 생각하는 완벽한 번호는 3627, 혹은 4581 같은 부류였다. 두 숫자씩 더해 9가 나오는 번호, 그래서 99가 되는 번호. 사라진 아빠가 가르쳐 준 놀이. 백이 아니라 99가 완벽한 거란다. 백이나 천처럼 딱 떨어지는 숫자는 오히려 불길하지. 그래서 천 하룻밤의 이야기인 거야. 완벽한 사람을 찾기 어렵듯 완벽한 번호도 드물었다. 오토바이 한 대가 보였다. 4525, 9와 7이었다. 완벽에서 2가 모자란 오토바이는 너무 안타까워 눈을 감고 길게 한숨을 내쉬었다. 가던 길을 잠깐 멈추곤 휘청하던 오토바이는 갑자기 버스로 돌진했고, 부딪히기 직전에야 톨레도, 기묘한 비명을 지르며 간신히 오른쪽으로 방향을 틀어 사지를 빠져나갔다. 깜짝 놀란 나는 지후를 보았다. 아무것도 모르는 지후는 여전히 창밖만 보고 있었다. 우리의 동행 또한 여전히 이야기를 나누고 있었고, 다른 승객들은 음악을 듣거나, 졸거나, 창밖을 보거나, 내릴 준비를 하고 있었으며, 기사는 오 분전, 십 분전처럼 성실하게 운전에만 몰두했다. 방금 전 하나의 죽음이 정체 모를 괴성과 함께 버스 곁으로 바짝 다가왔다 사라졌는데도 그걸 아는 사람은 나 말곤 아무도 없었다. 아, 오토바이가 정말 다가오기는 했을까? 그것도 환상이었을까? 나는 눈을 뜨고 꿈을 꾼 걸까? 모르겠다. 머리가 아파서 아무것도 확신할 수 없었다. 입으로 조용히 오토바이 혹은 톨레도, 하고 중얼거렸다. 낯설었다. 내가 들었던 소리인지 확신할 수 없었다. 속이 거북했다. 오바이트, 아니 오토바이는 검은 배기가스를 남기고는 사라졌다. 역 보관함에 두고 온 핸드폰으로 생각이 건너뛰었다. 그리고 엄마의 분식점. 담임은 엄마에게 전화를 했을까? 엄마

오늘은 죽음의 날입니다

는 내게 전화를 했을까? 아빠는 도대체 왜 집을 나간 걸까? 엄마는 그때 왜 버스를 타고 또 탔던 것일까? 이 역겨운 생각들을 시원하게 토해 냈으면 좋겠다. 버스가 사라졌으면, 학교가 폭파되었으면, 세상이 소멸했으면, 초신성으로 다시 태어났으면. 이민호, 이 학년, 쌍룡고등학교…

7.

우리가 내린 곳은 성현동이었다. 버스에서 내려 성현역 사거리를 보자마자 아, 하고 짧은 탄성을 소리 없이 질렀다. 내가 기억하는 한 성현동은 처음이었다. 낯설어야 할 사거리는 여러 번 와 본 것처럼 친숙했다. 데자뷔를 언급할 수도 있겠다. 전에 와 본 적이 없는 곳인데 이미 와 본 느낌이 드는 것, 본 적이 없는 사물인데 이미 본 느낌이 드는 것, 결코 경험한 적이 없는데 이미 경험한 느낌이 드는 증상 데자뷔, 정신병의 일종으로 여겨지기도 하는 데자뷔, 시간과 공간의 미로에서 길을 잃은 여행자처럼 정처 없이 헤매는 병. 그러나 데자뷔는 결코 아니었다. 나는 그 이유를 짐작할 수 있었으니까. 대략 한 달 전쯤에, 그리 오래전 일도 아닌데 이미 정확한 날짜는 떠올릴 수 없다,

오늘은 죽음의 날입니다

일어났던 끔찍하면서도 기묘한 사고 때문일 것이다. 사고 자체는, 당사자들에겐 무릎 꿇고 두 손 모아 정중히 사과해야겠지만, 특별할 것이 없었다. 정오를 조금 넘은 시각 성현동 사거리를 지나던 검은 외제차 한 대가 갑자기 인도로 돌진했고, 성현역으로 진입해 계단 아래로 굴렀다. 119 구급대가 곧바로 출동했으나 차 안에 있던 두 사람은 이미 죽은 후였다. 안타까운 죽음이었다. 사고의 정황을 생각하면 인도나 지하철역에 있던 이들이 다치지 않은 것만 해도 천만다행이었지만. 비명횡사한 두 사람의 신원이 밝혀지자 언론은 뒤늦게 속보를 내며 호들갑을 떨었다. 운전석에 있던 40대 후반의 남자가 여당의 차기 대권주자로 손꼽히던 사람이었기 때문이다. 사고는 곧바로 스캔들로 바뀌었다. 함께 탄 여자는 20대 대학원생이었다. 남자의 딸도, 부인도, 비서도 아니었다. 언론은 정계에 미칠 파장이라는 미명 아래 두 사람을 샅샅이 해부하고 나섰다. 두 사람의 관계에 대한 추정부터 정기국회가 한창인 그 시각 하필 두 사람이 여의도에서 동북 방향으로 이삼십 킬로 떨어져 있는 성현동을 지나가던 이유에 대한 밑도 끝도 없는 추측이 오갔다. 특종을 잡기 위해 모두들 눈에 불을 켜고 달려들었지만 정확한, 아니 비슷한 답이라도 내놓은 언론사는 내가 보기엔 하나도 없었다. 파고 또 팠으나 삽에 걸리는 증거는 냄새나는 진흙

말곤 아무것도 없었다. 남자는 성실했고 여자는 평범했다. 둘의 만남을 알고 있었던 사람도 없었고, 둘이 함께 있는 것을 목격한 사람도 없었다. 사고 이전의 둘은 남남이나 마찬가지였다. 함께, 라는 단어로 둘을 연결 지을 사소한 근거조차 나오지 않았다. 파헤칠수록 해결되기는커녕 의문점만 늘어났다. 처음부터 끝까지 모든 게 미스터리였다. 추리소설 마니아들은 소설보다 더 소설 같은 실제 사건에 밤잠을 못 이룰 정도로 흥분했을 것이다. 난 추리소설은 좋아하지 않았다. 스캔들 따위에도 전혀 관심이 없었다. 사고 원인에 대해서는 흥미를 느꼈다. 남자는 술도 마시지 않았고 약물을 하지도 않았고 지병도 없었다. 젊은 시절 민심을 파악하기 위해 택시 운전사까지 했다던, 아침에 일어나면 집 근처 호수 공원을 한 바퀴 달린다던, 신체와 정신이 모두 건강한 한 남자가 밝은 대낮에 도로에서 성현역으로 갑자기 운전대를 꺾은 것이었다. 차량 결함, 과속, 졸음운전, 약물 복용, 심장 발작 등의 이론들이 요란하게 등장했다가 조용히 머리 숙이고 퇴장했다. 사고 현장에는 급발진 이론을 뒷받침할 만한 스키드마크 하나 발견되지 않았다. 외제 차 마니아, 그중에서도 스포츠카를 사랑해 2015년 형 검은 머스탱이 반짝이는 조랑말 엠블럼을 달고 지나가는 걸 걸음을 멈추고 유심히 지켜봤다는 목격자는 운전자가 멀쩡하게 깨어 있었으며 다른 차량과 비슷한 속도로 운전했다고 증언했다. 실낱같은 증거라도 발견되기를 바라는 간절한 마음으로 남자의 몸에 칼까지 대 보았으나 죽은 자의 심장은 사자처럼 튼튼했다는 역설적인 결론만 얻었다. 급기야는 풍수 전문가까지 등장해 의견을 내놓았다. 성현동은 독수리가 날개를 편 형상이라 옛날부터 장수와 재상, 그리고 부자가 많이 나왔는데 명이 있으면 암이 있듯 좋은 기운이 다른 지역에 비해 넘친다는 것은 대단히 나쁜 기운도 함께 존재한다는 뜻이라고 했다. 사고가 난 지역은 정확히 독수리의 발톱 부분이라 조심하지 않으면 언제든 비명횡사할 수 있는 곳이라고 했다. 독수리 발톱을 유독 힘주어 말하는 풍수전문가의 어둡고 주름진 표정이 뉴스 앵커보다도 몇 배는 더 진지해서 나도 모르게 피식 웃었다. 이 모든 종류의 이야기가 언론을 통해 전달되는 동안 화면의 배경은 항상 성현동 사거리, 정확히 말하면 사고가 나던 순간의 사거리였다. 자의 반, 타의 반으로 사고 장면을 보고 또 보면서 든 생각이 있다. 내가 보기엔 사고의 이유가 명명백백했다. 둘은 자살을 한 것이다. 그것을 이유로 지적하는 전문가는 뜻밖에도 단 한 명도 없었다. 내가 처음부터 그렇게 생각한 것은 아니었다. 열 번 이상 사고 장면을 접하면서 조금씩 확신을 갖게 된 견해였다. 교통 카메라에 잡힌 사고 장면을 자세히 보면 누구라도 알 수 있을 것이라고 생각한다. 여자가 남자를 보며 뭐라고 말하는 부분이 등장하는 것을. 남자는 고개를 끄덕인 후 3초 정도 생각에 잠겼다가 운전대를 꺾는다. 곧이어 차는 정확히 성현역으로 진입해 추락한다. 마치 여자가 남자에게 지하철을 타러 가야 한다고 말하기라도 한 것처럼. 둘이 다툰 게 아니냐고 물을 수 있겠다. 그렇게 보기엔 남녀의 얼굴 모두 지나치게 평화로웠다. 자살 주장을 밀어붙이기엔 근거가 부족하다는 건 나도 인정한다. 테러리스트도 아닌데 지하철역으로 들어가는 것을 목표로 했다는 것도 좀 이상한데다가 차가 계단을 구른다고 반드시 죽는 것도 아니다. 보통 차도 아니고 튼튼하기로 소문난 머스탱이니. 수많은 전문가들 중 단 한 명도 자살설을 내놓지 않는 데에는 그럴 만한 이유가 있을 것이다. 그럼에도 나는 그들이 자살했다는 생각을 좀처럼 버릴 수가 없었다. 여자가 뭐라고 말을 했는지 알아내기만 하면 미스터리는 단번에 풀릴 것 같았다. 여자는 죽었다. 고급차였음에도 차 안엔 블랙박스도 없었다. 여자의 언어도 함께 죽었다는 뜻이다. 나의 주장을 해명할 방법이 전혀 없다는 뜻이다. 억울한 건 없었다. 나는 기자가 아니니까. 오보를 써낸다고 욕먹을 일도 없으니까. 신중하거나 두려운 나는 내 결론을 주미에게도 말하지 않고 마음속 창고에 깊이 묻어 두었다.

오늘은 죽음의 날입니다

육안으로 직접 본 사거리는 정말로 독수리를 닮긴 했다. 평지에 자리한 성현역의 남쪽과 북쪽은 왕복 10차선의 넓은 고갯길이었다. 45도로 비탈진 북쪽 내리막길은 성현역에서 잠시 숨을 골랐다가 곧바로 반대편 남쪽 오르막길로 이어졌다. 길을 조금 더 따라간다면 성현터널과 성현대교도 볼 수 있을 것이다. 동에서 서로 이어진 도로는 왕복 4차선으로 남북의 절반에도 못 미쳤다. 동쪽에서부터 달려온 도로는 성현역을 지나면서 조금씩 경사가 높아졌다가 독립 유공자를 기리는, 지난 세기 중반에 만들어졌던, 아이러니하게도 당시의 지배자들이 경멸하거나 두려워하던 소비에트풍의 거대한 동상을 지난 지점부터 급격히 높아졌다. 독수리 이론에 따르면 동상은 머리, 서쪽으로 이어진 도로는 목과 가슴, 동쪽에서 달려온 도로는 하복부와 꼬리, 좌우의 넓은 고갯길은 활짝 편 날개인 셈이었다.

버스에서 내린 우리는 패키지투어 참가자처럼 지후의 뒤를 졸졸 따라갔다. 성현역을 지나 횡단보도를 건너 독수리의 목을 향해 걸었다. 성현역 3번 출입구의 계단은 아직 수리 중이었다. 우리 넷 중 그 어느 누구도 사고를 언급하지는 않았다. 알면서도 말하지 않는 것일 수도 있었고 사고 자체를 아예 떠올리지 못하는 것일 수도 있었다. 양쪽 모두 가능했다. 사고에 대한 감상을 나누기에 우리 사이는 모르는 사람에게 일 분 안에 차근히 설명할 방법이 없을 정도로 애매했고, 한 달은 망각하기엔 충분히 긴 시간이었으니까. 소공원 입구에 조성된 키큰 소나무 몇 그루를 지나 제법 오래되어 보이는 돌다리 앞에서 걸음을 멈춘 지후는 잠시 주변을 두리번거렸고, 돌멩이 하나를 손에 들어 유물 탐구하듯 진지하게 좌로 우로 돌려서 관찰하다가 우리를 보며 말했다. 날이 날이니 만큼 오늘 우린 몇 개의 관문을 지나갈 거야. 관문을 하나 지날 때마다 죽음에 한 발짝 가까이 다가가는 거지. 아, 오해는 하지 마. 죽음을 통해 삶을 되돌아본다는 취지일 뿐 죽으러 가는 건 아니니까. 죽기엔 우린 아직 너무 어리니까. 게다가 난 옴진리교나 오대양 같은 사이비 종교의 신도도 아니고.

지후의 무대 경력은 일천했으리라. 지후는 관람객을 의식해 지나치다 싶게 허세를 부렸다. 마지막에 손을 활짝 벌리며 눈썹을 살짝 찌푸린 표정을 지어 보인 건 차마 못 봐 줄 지경이었다. 나는 버스 타기 전에 세웠던 견해를 수정했다. 지후는 위험한 게 아니라 유치했다. 굳이 내 생각을 바꿀 필요는 없겠다. 때론 유치한 게 가장 위험하니까. 아이들이 다치는 건 그래서니까. 주미는 무표정했다. 지후의 과장된 동작과 치기 어린 발언에도 표정이라 할 만한 것을 전혀 내비치지 않았다. 오늘 주미의 마음을 읽기는 무척 어려웠다. 고양이처럼 아홉 개의 마음을 오가는 것 같았다. 아니, 아홉 개의 마음을 모두 봉인한 것 같았다. 아, 나는 오늘의 주미에 대해 전혀 아는 게 없었다. 그동안의 노력이 물거품이 된 기분이었다. 옆에서 뒤에서 바라보기만 하던 백악기 초기 시절로 퇴행한 것 같았다. 주미의 손을 살짝 잡았다. 주미는 가볍게 힘을 주고 몇 번 흔들었다 놓는 것으로 읽기 힘든 마음을 살짝 드러냈다. 지후의 연극 대사가 이어졌다. 첫 번째 관문은 바로 이 돌다리야. 어디에나 있는 그저 그런 돌다리라고 생각하면 큰 오산이지. 이 다리는 무려 오백 년 동안 이 자리를 지키고 있었으니까. 수많은 조선과 고려의 사람들이 이 다리를 건넜을 테지. 그들 모두는 하나도 빠짐없이 죽었을 테고. 가정이기는 하지만 아직 집으로 돌아가지 않은 영혼들이 이 다리 주변에 얼마간 모여 있을 가능성도 있겠어. 이 세상에 꼭 살아 있는 존재들만 있는 것은 아닐 테니. 게다가 오늘은 죽음의 날이니. 후손된 도리로 그들에게 인사를 하는 게 예의이겠고, 그렇다고는 해도 너무 많으면 지나가기가 좀 곤란하니 그중 일부는 쫓아내는 게 정신과 신체 건강상 좋겠지. 그런 의미에서 돌을 던지겠어.

지후는 들고 있던 돌을 다리 위로 살짝 던졌다. 돌은 조금 날아가다가 곧바로 낙하해 몇 바퀴 나뒹굴었고, 다리 중간을 조금 지나 멈췄다. 이게 뭐지 싶었다. 지후의 얼굴은 정극 배우처럼 진지했다. 대사와 연기는 삼류 코미디에 가까웠다. 주변에서 흔히 볼 수 있는 돌다리를 놓고 죽음의 관문이니 어쩌니 마치 햄릿이라도 된 것처럼 거창하게 떠드는 것도 우스웠고, 영혼을 위무, 혹은 추방한답시고 돌을 던지는 것은 어처구니없음을 넘어 분노를 유발하는 수준이었다. 이 다리를 건넜을 조선과 고려의 사람들은 또 뭔가? 다리 주변엔 안내판 하나 없었지만 지후의 말을 존중해 액면 그대로 믿는다고 하자. 지은 지 오백 년 된 다리라고 한다면 그 시기는 16세기 초였을 것이다. 그때 고려는 이미 역사에서 사라진 지 백 년도 더 넘었다. 조선 개국 전에 죽은 고려의 귀신들이 다리를 건너다녔다는 뜻인가? 도대체 왜? 이 다리가 개성으로 이어지는 비밀 통로라도 된다는 말인가? 머릿속으로 지후가 했던 말 하나하나를 쪼개고 분석해서 비웃는데 돌멩이 하나가 다리 위로 날아갔다. 돌멩이는 지후가 던진 돌멩이 옆에 단짝친구처럼 멈추었다. 민호가 던진 돌멩이였다. 민호의 얼굴은 지후보다도 더 진지했다. 진지함 뒤로 외로움이 짙게 묻어났다. 홀로 티베트 고원을 걷다 지친 라마처럼. 그 얼굴을 보니 문득 궁금해졌다. 지후와 민호가 정말 우리의 교우일까? 지후에 대해선 의심의 여지가 없었다. 학교 안에 지후 같은 아이는 태평양을 떠다니는 페트병처럼 많고도 많았다. 매 순간순간 자부심을 숨기지 못하는

오늘은 죽음의 날입니다

그들은 잘난 체하는 버릇을 장식품인 양 가슴에 단단하게 부착하고 다녔지만 내 눈엔 몹시 어리석어 보였다. 학교와 자부심이 도대체 왜 그토록 자연스럽게 연결되는 것일까? 민호 같은 존재는 좀처럼 찾아보기 어려웠다. 민호는 자신에 대해 몹시 부끄러워하는 것 같았는데 모순적이게도 내부엔 여타 아이들이 함부로 깰 수 없는 마그네사이트로 포장된 단단한 씨앗 같은 게 있었다. 지후가 여행의 동반자로 민호를 데려온 이유를 알 것 같았다. 민호는 첫인상과는 달리 절대 허술한 아이는 아닌 것 같아. 이런 유형, 어디서 본 적이 있는데, 아니 책에서 읽었나? 머릿속으로 민호와 닮았던 사람, 등장인물을 고민하는데 돌멩이 하나가 다리 위로 날아갔다. 주미가 던진 돌멩이였다. 지후의 어리석어 보이면서도 자신만만한 시선이 내게로 향했다. 어쩔 수 없었다. 이미 시작한 여행이었다. 패키지여행의 규칙이 그렇다면 따라야 했다. 되돌릴 수 없다면 적당히 팁을 건네고 뒤로 물러나 팔짱을 끼는 게 최선이었다. 나는 돌멩이 하나를 들어 다리 위로 던졌다. 절반도 안 날아간 주미의 돌멩이를 목표로 했으나 제일 멀리 날아가고 말았다. 돌이 바닥에 닿는 순간 가슴 한 구석이 살짝 공중 부양했다가 다시 내려앉는 기분이 들었다. 돌이 구르는 동안엔 가슴이 쿵쿵거렸고. 아마도 착각이겠지. 별것 아닌 일에 신경을 잔뜩 곤두세웠으니까. 지후가 짝짝짝 과장되게 박수를 친 후 주머니에서 카멜 담배를 꺼냈다. 2차 대전의 유물 같은 카멜을 나와 주미에게 권했다. 다리를 건너려면 몸 안의 잡스러운 성분들을 태워 없애야 해. 일종의 의식이지.

밑도 끝도 없는 궤변에 나도 모르게 맞받아쳤다. 잡스러운 성분 태워 없애기 전에 폐가 먼저 타 버리는 거 모르니? 그리고 재한테는 왜 안 권하는데?

지후의 눈이 커졌다. 지후보다 더 많이 놀란 건 나 자신이었다. 누군가를 언어로 공격하는 건, 게다가 처음 만난 사람에게 비수를 들이대는 건 전혀 나답지 않았다. 나는 공격적인 사람이 아니었다. 낯선 사람 앞에선 입도 벙긋하지 못했다. 내 단어 하나하나에 이중 삼중의 검문검색을 시도하는 유형이었다. 그런데 잘 알지도 못하는 지후에게 벌컥 화를 내 버렸다. 도대체 왜 그랬을까? 돌멩이를 던지는 이상한 의식 때문이었을까? 가슴이 쿵쿵거렸기 때문이었을까? 주미의 영향을 받아 나도 몰랐던 두 번째 마음이 불쑥 튀어나온 걸까? 무안해서 얼굴이 빨개졌다. 본래의 연극적 표정을 되찾은 지후가 자신의 담배에 불을 붙이며 말했다. 민호는 담배를 안 피우거든. 게다가 민호에겐 잡스러운 성분이 없어. 성 프란시스코 수도원 소속 수사에 가까운 인간이니까. 우리 같은 속세의 민간인들하

오늘은 죽음의 날입니다

고는 좀 다르지.

나도 줘.

주미였다. 지후는 그럴 줄 알았다는 듯 자연스럽게 담배를 건네고 불까지 붙여 주었다. 놀라서 주미를 보았다. 주미는 애연가처럼 능숙하게 담배를 피웠다. 얼굴이 빨개지지도, 콜록거리지도 않았다. 이 아이가 정말 내가 알던 주미였나? 주미는 전생에 고양이였나? 지후가 물었다. 정말 담배 생각 없어?

난 성당에 다녀.

신부들도 담배 피우던데?

난 아냐. 신부님들을 모욕하지 마.

거짓말이었다. 성당에는 가 본 적도 없는데, 신부의 삶에 관심을 둔 적도 없는데 신부님 운운하는 말은 왜 갑자기 튀어나왔는지 모르겠다. 수도원, 혹은 속세라는 단어가 내 무의식에 영향을 미쳤을까? 연기도 싫었고, 성현동에 온 이후 급격하게 불편하고 복잡해진 속내를 들키긴 더더욱 싫어서 고개를 돌렸다. 민호의 시선과 마주쳤다. 약간 화가 난 표정의 민호는 나쁜 짓 하다 들킨 소년처럼 얼굴을 붉히며 민망해하더니 곧바로 얼굴을 돌렸다.

8.

    성현동은 뭐랄까, 내가 읽었던 소설식으로 표현하면 죽음의
존재를 처음 깨닫게 해 준 동네였다. 보름 전에 있었던 지저분
하고 시끌벅적한 사고와는 무관했다. 아빠, 아빠, 우리 아빠 때
문이었다. 아빠가 집에서 사라지기 며칠 전 나와 동생은 아빠
와 함께 성현동을 찾았다. 성현체육관에 이종 격투기 시합을
보러 온 것이다. 그 시절 나는 이종 격투기에 푹 빠져 살았다.
실제로는 주먹 한 번 휘두른 적 없었고 휘둘러서도 안 되는 신
체를 지녔지만 머릿속 세계에서는 이미 이종 격투기 챔피언이
었다. 나는 이종 격투기 시합을 직접 보고 싶다고 여러 번 졸
랐으나 아빠는 좀처럼 허락하지 않았다. 아빠는 야구나 축구
가 진짜 스포츠이며, 그중 으뜸은 야구이며, 이종 격투기는 천

박한 싸움 내지 쇼에 지나지 않는다고 단호하게 말했다. 나는 주짓수, 무에타이, 가라테에 보증수표 격인 '국기' 태권도까지 언급하며 이종 격투기는 수천 년 전부터 이어져 온 여러 무술의 종합체라고 주장했다. 아빠는 무술은 곧 싸움 아니냐고 반박했다. 게다가 주짓수, 무에타이는 들어 본 적이 없어 잘 모르겠지만 가라테와 태권도는 탄생 시기를 아무리 높게 잡아도 백 년도 안 되는 엉터리 잡탕 같은 싸구려 군국주의 무술이라는 도무지 믿기지 않는 말까지 했다. 나는 아빠의 말에 반박하려고 했으나 군국주의의 뜻조차 몰랐던 그 당시 내 능력으로는 불가능했다. 설령 적합한 논리와 자료를 찾았더라도 이미 스포츠에 대한 엄격한 기준을 확립한 아빠가 내 조사 결과에 흔쾌히 동의하지는 않았을 것 같다. 그러던 어느 날 오후 아빠는 회사를 조퇴하고 집에 일찍 들어왔다. 아빠는 현관문을 열고 들어오자마자 급하게 나를 찾더니 성현체육관으로 가자고 말했다. 성현체육관에서 이종 격투기 대회가 열리고 있다는 사실을 알고 있었던 나는 아빠의 마음이 변할까 싶어 서둘러 신발을 신었다. 신발 한 짝이 자꾸 도망가듯 잘 신기지 않던 기억이 아직도 생생하다. 엄마가 나와 무슨 일이냐고 물었다. 아빠는 살짝 얼굴을 찡그리곤 아무 일도 아니라고 했다. 엄마는 잠깐 이야기를 하자고 했고 아빠는 마지못해 신발을 벗고 안

방으로 들어갔다. 그러는 사이 뭐가 그리 바쁜지 아빠에게 인사도 하지 않았던 여동생이 교대하듯 방문을 열고 나와 신속, 정확하게 신발을 신었다. 피가 튀기는 무서운 싸움이지, 넌 울고 말 거야, 돌아와선 나쁜 꿈을 꿀 거야 등의 말로 겁을 주었지만 여동생은 마음을 바꾸지 않았다. 잠시 후 안방을 나온 아빠는 여동생의 손을 잡고 밖으로 나갔고 이미 반 흥분 상태였던 나는 엄마에게 대충 인사를 한 후 곧바로 뒤를 따랐다. 나의 첫 이종 격투기 관람은 처음부터 끝까지 완벽했다. 아파트를 나온 아빠는 곧바로 택시를 잡아탔고, 가는 길엔 이종 격투기에 대한 내 두서 없는 이야기를 토도 달지 않고 다 들어 주었다. 택시에서 내려 표를 구입한 아빠는 매점에 들어가더니 원하는 것을 다 고르라고 선심을 베풀었다. 나는 핫도그와 군밤과 과자와 아이스크림을 선택했고 지는 것을 싫어하는 동생은 내가 고른 것에다 버터 사탕을 더하는 약삭빠른 짓을 했다. 시합은 환상적이었다. 판정까지 가는 시시한 경기는 하나도 없었다. 마지막 경기는 그중에서도 압권이었다. 시작하자마자 계속 주먹과 로 킥을 허용하며 비틀대던 우리나라 선수가 왼손 카운터펀치 한 방으로 경기를 끝냈을 때에는 나도 모르게 일어나 소리를 질렀다. 아빠까지 박수를 치며 내게 큰 소리로 말했다. 이렇게 좋아하니 다음에 또 와야겠구나.

오늘은 죽음의 날입니다

택시를 타고 돌아오는 도중에도 나는 여전히 들떠 있었다. 경기를 관람하면서 맥주 몇 잔을 마셨던 아빠가 꾸벅꾸벅 졸고 있어서 하는 수 없이 여동생에게 감상을 늘어놓았다. 그만하라는 여동생의 말이 세 차례 연속 이어지고서야 나는 입을 다물었다. 잠깐 입을 다물었던 나는 여동생에게 행복한 결론을 내밀었다. 오늘 아빠 우리한테 정말 잘해 줬지? 아빠에게 좋은 일이 있었던 게 분명해.

여동생이 한심하다는 표정을 지으며 했던 말을 나는 평생 잊지 못할 것이다. 바보 같긴. 아빠에겐 엄청나게 나쁜 일이 있었던 거야. 정말 몰랐어?

얼마 전에 우연히 봤던 영화에 이런 대사가 있었다. 아이들은 부모의 기분이 나쁘면 곧바로 알아채는 법이지. 여동생의 말이 맞았다. 그날 밤 아빠는 대통령들이나 마시는 귀한 술이라며 집에 모셔만 놓았던 시바스 리갈 양주를 꺼내서 마셨다. 아빠가 집에서 술 마시는 것을 끔찍하게 싫어하던 엄마였지만 그날은 아빠 옆을 지키며 아무 말도 하지 않았다. 잠을 자려는데 아빠의 울음소리가 들렸다. 늑대 같은, 혹은 곰 같은 울음. 한 번도 없던 일이었다. 왠지 무서워서 이불을 머리에 덮어썼다. 어둠에 포위되니 더 무서워져서 문을 살짝 열고 거실 분위기를 살폈다. 울음을 그친 아빠가 엄마한테 하는 말이 들렸다.

그놈이 나보다 먼저 죽을 줄은 몰랐어. 제 나라도 아닌 미국 땅에서, 그것도 멕시코 놈에게. 병신 같은 새끼.

아빠는 며칠 뒤 집을 나가 사라졌고 돌아오지 않았다. 그날 이후 나는 다시는 이종 격투기 경기를 보지 않았다.

우리는 성현역을 지나 횡단보도를 건너 돌다리 앞에 섰다. 건너편에 작은 안내판이 있는 것으로 보아 제법 오래된 다리인 것 같았다. 그러나 내 관심사는 지후였다. 숨겨진 폭탄이라도 찾는 것처럼 어두운 얼굴로 주변을 두리번거리는 지후는 주인 잃은 요크셔테리어처럼 불안해 보였고 마취되기 직전 실험실의 쥐처럼 초조해 보였다. 몇 초 안에 끔찍한 일이 일어나도 하나도 이상하지 않은 상태였다. 진지해도 너무 진지했다. 지후의 손을 잡아 주고 싶었다. 피를 나눈 사이인 내가 옆에 있으니 괜찮다고, 왜 이리 불안해하고 힘들어하는지 그 이유는 도무지 모르겠지만 마음을 조금 편안히 먹으라고. 나는 행동에 옮기지 못했다. 비겁하게 주미와 혜연을 의식했다. 남자끼리 손을 잡는다? 그들이 조금이라도 이상한 오해를 할까 봐 싫었다. 그들이 나를 건전하고 상식적인 대학생으로 봐 주기를 바랐다. 손발이 묶인 격인 나는 염려를 듬뿍 담은 눈빛을 대신 보냈다. 실패했다. 무언가에 홀린 지후는 내 눈빛을 전혀 인식하지 못했다. 전에 없이 긴장한 지후는 침을 한 번 꿀꺽 삼키곤

　　　　　　　　　오늘은 죽음의 날입니다

돌다리를 소개했다. 지후의 말은 내 귀에 전혀 들어오지 않았다. 나는 지후의 얼굴만 보았다. 지후는 하얗게 분칠한 가부키 배우였다. 비록 가부키를 본 적은 한 번도 없었지만. 지금의 지후는 내가 알던 지후가 아니었다. 지후, 지후, 김지후. 한때 이학년이었으나 더 이상 이 학년이 아닌, 한때 쌍룡고등학교 소속이었으나 이제는 고등학생이 아닌. 스티븐 디덜러스 식으로 지후를 규정하기엔 빈칸이 너무 많았다. 지후에게 스티븐 디덜러스는 좋은 잣대가 아니었다. 주미와 혜연은 서로에게 완벽한 친구처럼 보였다. 한 명이 다른 한 명의 부족한 부분을 보완했다. 친구의 정석 같은 관계. 드라마 작가들도 아끼고 사랑할 수밖에 없는. 지후와 난 달랐다. 우리가 과연 친구이기는 할까? 사실 우리가 평범한 친구처럼 지냈던 건 지후가 정학 상태에 있었던 처음 삼 일, 학교를 그만둔 뒤의 삼 일밖에는 없었다. 지후를 다시 만난 건 거의 한 달 후였다. 그 뒤로도 짧게는 이 주, 길게는 한 달에 한 번 정도 만났을 뿐이니 — 항상 지후가 나를 찾아오는 식이었고. 오늘의 우연한 만남도 어떤 면에서는 그와 유사하고 — 여태껏 지후를 만난 횟수는 다 더해도 스무 번이 채 안 되었다. 그 만남들에서 나는 지후와 무엇을 했나? 몇 번인가는 야구를 했고, 몇 번인가는 농구를 했고, 몇 번인가는 아이스크림을 나눠 먹으며 함께 강변을 걸었다.

그 만남들에서 우리는 무슨 이야기를 했나? 야구를 말했고, 농구를 말했고, 좋아하는 노래를 말했고, 감정과 표정 연습을 했고, 두세 번인가는 학교와 선생들을 욕했고, 한두 번인가는 가족에 대한 이야기를 짤막하게, 처음 만나는 사람에게 소개하듯 핵심만 간략하게 나누었다. 그게 전부였다. 날짜로 치면 이백 일 이상 지후와 '사귀었지만' 나는 그중 이십 일만 지후를 만났을 뿐이다. 비유하자면 십 분의 일의 지후만 안다는 뜻이다. 아니 시간으로 치면 백 분의 일도 안 되겠지. 나는 쌍룡고등학교 이전의 지후에 대해선 전혀 몰랐다. 야간경비원이 되겠다는 계획 말고는 지후가 미래에 대해 어떤 생각을 갖고 있는지에 대해서도 아는 게 없었다. 지후는 나를 알까? 내가 소설을 즐겨 읽고 국어 선생을 감탄 어린 눈으로 본다는 것을 지후는 알까? 우린 과연 친구이기는 한 걸까? 만난 날과 횟수 모두 얼마 되지도 않는 지후에게 전에 만났던 그 어떤 친구보다 강한 동질감을 느끼는 건 사실이었다. 어떤 면에서 지후는 나와 비슷했다. 어떤 면이냐고 묻는다면 도무지 말로 설명할 수는 없다. 그냥 어떤 면, 세상에서 별로 반기지 않을 것 같은 어떤 면에서 비슷하다는 것을 본능적으로 알 뿐이었다. 그러나 그래서 뭐가 어떻다는 걸까? 뭔가를 느낀다고 곧바로 친구가 되는 걸까? 도리어 뭔가가 사라지면 곧바로 남이 된다는 뜻은

오늘은 죽음의 날입니다

아닐까? 지후가 다리 위로 돌을 던졌다. 돌이 바닥에 닿는 순간 가슴에 통증이 왔다. 멈추지 않고 구르는 동안은 따끔거렸다. 돌이 멈추자 통증도 비로소 사라졌다. 이건 또 뭘까? 언뜻 흘려들었던 지후의 말대로 어쩌면 다리는 관문인지도 몰랐다. 한 세계에서 다른 세계로 넘어가는 곳. 처용의 다리, 단테의 다리. 귀신에게로, 지옥으로 가는 관문. 우리가 저 다리를 건너면 무슨 일이 벌어지는 걸까? 진지한, 지나치게 진지해서 무겁고 어색하고 어리석어 보이는 지후는 우리를 도대체 어떤 세계로 안내하려는 걸까? 머릿속 생각만으로는 아무것도 얻을 수 없다. 몸을 움직이고 사건에 뛰어들어야 한다. 그것만이 내가 해야 할 유일한 일. 나는 둥근 돌멩이를 찾아서 다리 위로 던졌다. 또다시 통증이 찾아왔다. 조금 전에 느꼈던 것과 똑같은 통증. 마치 내 가슴과 다리가 와이파이로 연결된 것 같았다. 수신 상태는 좋았으나 언어는 내가 모르는 외국어였다. 나는 영어에도 쥐약인데. 주미와 혜연이 돌을 던졌을 때도 마찬가지였다. 믿을 수 없는 사태. 믿을 수밖에 없는 사태. 지후도 아픔을 느꼈을까? 지후의 표정이 조금 편안해졌다. 독해는 쉽지 않았다. 내가 한 번도 읽어 보지 못한 스페인어나 태국어나 인도어로 된 책. 댈레웨이 부인 같은 책. 표정 관찰만으로는 아무것도 읽을 수 없었다. 나는 심리학자가 아니었으니까. 다리 전문가는 더더욱 아니었으니까. 담배를 권하는 지후에게 혜연이 발끈, 반박을 하고 나섰다. 당연하면서 엉뚱한 혜연의 말을 듣고 있으려니 좀 이상한 생각이 들었다. 뭐랄까, 이 모든 게 한 편의 연극 같았다. 혜연은 지후가 하려는 일에 대해 잘 알고 있으면서 일부러 모르는 척하고 있는 것 같았다. 혜연이 연출하고 지후가 따르는 것 같았다. 어쩌면 혜연은 우리가 고등학생이라는 사실도 처음부터 알고 있었을 것이다. 왜 그런 생각이 들었는지 모르겠다. 그냥, 그냥 갑자기 들었다. 혜연이 돌멩이를 던진 순간 혜연은 이미 다 알고 있다는 생각이 머릿속에 날아와 박혔다. 혜연의 뒤로 성현체육관이 보였기 때문일까? 아빠, 우리 아빠. 집을 나가 사라진. 말도 안 되는 소리. 나는 안다, 아빠는 사라진 게 아니라는 걸. 아빠는 스파이도 연기도 아니니까. 성현체육관을 향해 주먹을 휘둘렀다. 혜연이 나를 보았다. 재빨리 고개를 돌렸다. 이미 들어 본 적이 있는 노래가 들렸다. 오전에 들었던 노래. 데자뷔는 아닌.

밖엔 달이 더 밝아 보였네.

자라다 만 나뭇잎처럼 색이 엷은 목소리의 주인은 주미였다. 노래를 부르는 주미의 입은 굳게 닫혀 있었다.

오늘은 죽음의 날입니다

9.

제망매가 같은 쓸쓸한 바람이 삼십 초에 한 번씩 다가와 머리카락을 헤집었다. 마른 잎들이 신라어로 뭉툭한 비명을 지르며 동시에 떨어졌고 굴렀고 흩어졌다. 낙엽들 스스로 무덤을 지었다가 허무는 것 같았다. 말없이 지켜보던 새들이 하늘로 날아오르며 한때의 벗들을 추모했다. 처음엔 신기했다. 곧 지겨워졌다. 삼심 초짜리 낙엽 장례식이 무한 상영되는 극장에 손발이 묶인 채 볼모로 잡혀 있는 기분이었다. 죽은 낙엽에서는 매운 먼지 냄새가 났고 나는 손목이 시렸다. 11월 초순치곤 바람이 몹시 차가웠다. 세 시 조금 넘은 시각치곤 하늘이 지나치게 어두웠다. 오후 들어 갑자기 음울하게 변한 날씨 탓일까, 수백 개의 계단을 힘겹게 올라 마침내 도착한 순환도로엔 사람이 별로 없었다. 나와 주미는 은행나무 아래 노랗게 물든 벤치에 앉아 서로에게 해롭지 않은 이야기를 나누었다. 마음에 드는 강의실과 그 이유, 심리 통계를 가르치는 강사의 결혼 여부 추정, 햄에그 샌드위치가 질렸을 경우의 대안 같은 깃털보다 사소한 것들. 몇 번째 마음이건 간에 마음 조각을 일 그램도 담지 않고서 쉽게 주고받을 수 있는 것들. 지후와 민호는 도로의 어느 지점을 향해 달려가고 있었다. 가볍고 사소하고 무해한 마음 밖의 이야기는 길게 이어지지 않았고, 나는 그들에게 관심이 있다기보다는 달리 할 일이 없었기에 손목을 꾹꾹 누르며 점점 희미해지는 그들의 뒷모습을 보았다. 지후와 민호는 열심이었다. 사무엘 베케트나 가오싱젠이 쓴 부조리극의 주인공들 같았다. 그들은 어디까지 달리는 것일까? 왜 달리는 것일까? 그들이 목표로 한 지점에 과연 도달할까? 아니, 목표점이 있기나 한 걸까? 지후와 민호가 우리에게 다시 돌아오기는 할까?

돌 던지기 의식을 마친 우리는 미지의 고대 유적 탐사에 나선 탐험대처럼 신중하게 다리를 건넜다. 어이없게도 손바닥에 땀이 조금 흘렀으나 다 건널 때까지 아무 일도 일어나지 않았다. 당연했다. 다리는 다리일 뿐이니까. 사전적 정의에 따르면 다리는 물에 빠지지 않고 건너기 위해 한 곳과 다른 곳을 연결한 건축학적 발명품일 뿐이니까. 미신과 귀신이 괴이함, 신묘

오늘은 죽음의 날입니다

함과 손잡고 노니는 곳, 혹은 처용의 육체적이면서도 정신적인 다리와는 전혀 관계가 없었으니까. 횡단을 마치자 비로소 안내판이 나타났다. 걸음을 멈추지 않는 지후를 놓치지 않기 위해 눈으로 빠르게 읽어 나가다가 세종의 이름을 발견했다. 세종이 살던 때는 대략 15세기였으므로 다리 건립 시기를 오백 년 전이라고 설명한 지후는 오류를 범한 셈이었다. 나도 안다. 지나치게 냉정한 평가라는 것을. 사람들은 오래된 사물을 설명할 때 관용적으로 오백 년 정도 되었다고 표현하지 622년, 혹은 457년 3개월 7일이라고 감정 없는 이진법 컴퓨터처럼 매정하게 말하지는 않는다. 아마도 우리 중 성현동을 가장 잘 알고 있을 지후는, 여행의 전 과정을 철저히, 성실하게 계획했을 지후는 이 다리의 건립연도에 대한 지식을 사전에 머리에 넣고 있었을 것이다. 그럼에도 오백 년이라고 두루뭉술하게 설명한 건 오래되었음을 강조하기 위해서였을 것이다. 미안해. 나는 지후에게 사과했다. 진지하게 사과할 문제는 아니었고 그럴 사이도 아니었고 흥을 잡히고 싶지도 않았으니 말이 아닌 마음으로만. 지후는 앞장서서 걷다가 거대한 독립유공자 동상 옆을 지나갔다. 잠깐 멈춰서 바라본 동상은 쓸쓸한 감정을 불러일으켰다. 거대했으나 낡고 조악했기 때문이다. 세부는 부서지거나 뭉개졌으며 슬쩍 만져 보니 검은 먼지가 잔뜩 묻어났다. 이렇게 말하긴 좀 그랬지만 지후 같았다. 손에서 죽음 같은 먼지를 툭툭 털어 내는데 여태껏 조용하던 동네에서 갑자기 커다란 함성이 들렸다. 몇 걸음 앞에서 지후가 감탄하며 말했다. 초등학교 경기에서 홈런이라니, 그야말로 이승엽의 후예로군. 지후의 시선이 닿는 곳, 그러니까 후손에게 홀대받는 동상을 조금 지난 곳에는 뜻밖에도 야구장이 있었다. 길에서 바라본 야구장은 비현실적으로 작았다. 경기장도 작았고 관중석도 작았고 펜스는 낮았다. 일반 야구장을 축소하고 또 축소해 미니어처로 특별 제작한 느낌이었다. 느낌이 그랬을 뿐 레고 장난감 미니어처는 아니었다. 야구장에선 진짜 야구 경기가 진행되고 있었으니까. 조그마한 소년들의 경기였다. 지후의 말이 틀린 게 아니라면 초등학교 소년들일 테고. 지후는 도로와 야구장을 가르는 외야 뒤편 쇠로 된 그물막에 매달리다시피 한 자세로 넋을 잃고 경기를 보았다. 지난여름 풍성했을 담쟁이덩굴의 흔적이 아직도 군데군데 남아 있어 더 어지러워 보이는 그물막 사이로 지후의 맨얼굴이 이번엔 꽤 많이 노출되었다. 소년처럼 천진난만해서 좀처럼 눈길을 뗄 수 없었던, 어딘가 그립고 친숙하고 슬퍼 보이는 그 얼굴은 지후가 돌아서자마자 가루가 되어 흔적도 없이 사라졌다. 짧은 관람을 마친 지후가 미안, 하고 말하곤 다시 앞장서 길을 가려는데 민호가 입을 열었다. 우리,

야구경기 잠깐 보고 가면 안 될까?

우리라는 호칭을 쓰기는 했지만 민호의 시선은 우리가 아닌 하늘과 땅 사이 도로 저편의 모호한 지점을 향했다. 믿음직했던 민호의 목소리는 이번에는 살짝 갈라졌고 콧소리가 섞였다. 민호의 편을 들고 싶어졌다. 이유는 모르겠다. 나는 얼마 되지 않는 용기를 총동원해 언어로 바꾸었다. 여행의 주재자인 지후를 향해 몸을 돌리곤 별일 아닌 듯한 무심한 표정을 꾸미며 지으며 주미와 사귀기 전 만났던 밝은 애들처럼 가볍게, 가볍게, 감정은 1밀리그램도 담지 않고 말하려 애썼다. 그래, 그것도 재미있겠네.

지후는 눈을 가늘게 뜨고 손으로 머리를 넘겼다. 온통 검은색인 꼭 지후 자신 같은 크고 어두운 손목시계를 보며 난처하다는 표정을 지었다. 야구장 방문은 지후의 치밀한 사전 계획엔 포함되지 않았던 것 같다. 나는 용기의 마지막 한 방울까지 짜냈다.

돌발 상황이 있어야 여행이 더 빛나는 것 아닐까?

내 말을 들은 지후는 고개를 서너 번 끄덕이더니 이내 빙긋 웃으며 선심 쓰듯 대답했다. 돌발 상황이라… 의미심장한 말이네. 알았어, 고객들의 요청이 그렇다면 받아들여야지. 시간이 빠듯한 건 사실이야. 제시간에 가야 할 곳이 있으니까. 죽음의 날은 하루뿐이니까. 그래도 너무 오래 머물지만 않으면 큰 문제는 없겠지. 주재자로서 명령한다. 이번엔 민호 네가 앞장서라.

야구장 방문은 나쁘지 않은 선택이었다. 초등학교 소년들의 지칠 줄 모르는 엄청난 활기 탓일까, 미니어처 야구장이라 바로 눈앞에서 경기가 진행되는 듯한 일종의 착시에 가까운 특수 효과 때문일까, 나는 지금껏 별 관심도 없었던 야구라는 경기에 집중하고 몰입했다. 티브이 화면으로만 가끔 보았지 실제로 관람하기는 처음이라 더 그랬는지 모르겠다. 다들 나와 비슷한 느낌을 받았던 것 같다. 버스에서 내린 후로는 평소보다 더 짙은 그늘을 만들어 몸에 걸쳤던 주미도 어린 외야수의 몸을 던지는 호수비에 박수를 치며 빙긋 웃었고, 지후와 민호는 아예 일어서서 환호성까지 질렀다. 끝내기 안타로 경기가 끝났을 때에는 주위의 학부모들과 하이파이브를 나누기도 했다. 우연히 만난 경기가 선물한 흥분은 야구장을 나온 뒤에도 금방 사라지지 않았다. 지후의 표정은 전보다 확연히 밝아지고 홀가분해졌다. 무거운 짐 하나를 야구장에 몰래 버리고 온 사람처럼. 지후가 누구에게랄 것도 없이 말을 건넸다. 우린 함께 야구를 했었어.

그래? 민호도 야구를 했었니?

별스럽지도 않은 내 반문에 지후도, 민호도 당황한 표정을 지었다. 민호는 내, 내가 무슨, 하고 말까지 더듬었고, 지후는 길에 놓인 크고 무거운 짐 더미 두 개를 새로 짊어져야 하는 셰르파처럼 얼굴을 잔뜩 찌푸렸다. 지금껏 입을 거의 열지 않았던 주미가 주심 역할을 맡아 개입했다. 해명을 해 봐.

해명이라니, 무슨 죄를 지은 것도 아닌데. 야구를, 우리가 함께 야구를 했었다고 말했을 뿐인데. 주미가 잠깐 맥락을 놓쳤던 걸까? 순간적으로 단어를 잘못 골랐던 걸까? 다른 사람도 아닌 주미였다. 윤기 없는 내 말을 귀 기울여 들어 주고 사소한 질문에도 늘 신중하게 생각한 후 대답하는 주미가 그랬을리 없다. 오늘 따라 아홉 개의 마음 사이를 방황하는 주미일지라도 말이다. 해명이라는 단어가 튀어나온 건 둘 사이에 무언가가 있다는 뜻이었다. 정말로 해명해야 할 문제가 존재한다는 뜻이었다. 만에 하나 실수라고 해도 사정은 바뀌지 않는다. 교수에 의해 비과학자로 낙인찍힌 프로이트가 말하길 실수는 곧 무의식의 발현이라고 했으니까. 프로이트는 마음을 분석하는 측면에서는 분명 쥐보다 훨씬 큰 도움이 된다. 주미가 택한 단어 하나가 내게 큰 힌트를 제공했다. 두꺼운 안개에 싸였던 둘의 미스터리는 드디어 위장막을 뚫고 길 위에 처음으로 모습을 드러냈다. 미스터리의 상자에 정확히 무엇이 들었는지는 아직 모른다. 이것 하나만큼은 분명했다. 둘은 모르는 사이가 아니었다. 어떤 인연인지 짐작하기엔 정보가 부족했다. 그래서 모호하게 말할 수밖에 없다. 둘은 인생의 어느 한때 서로를 어느 정도 알았던 게 틀림없었다. 관건은 '어느'의 해석에 달렸다. '해명'이랍시고 지후가 내놓은 어리숙한 변명이 오히려 심증을 더 굳히게 만들었다. 물론 나와 민호지. 나랑 야구했을 사람이 민호 말고 누가 더 있나? 이민호, 이 자식 머리가 어떻게 된 거 아냐? 우리 오전에 함께 야구를 했잖아? 까마귀 고기라도 삶아 먹었냐? 나한테 일방적으로 얻어터져서 기억이 한꺼번에 다 상실되어 버렸냐?

지후는 장난스럽게 민호의 머리를 쓰다듬었고 민호는 머리를 옆으로 빼내고는 그건 그렇지 뭐, 하고 어색하게 얼버무렸다. 지후는 인솔자다운 힘찬 박수를 세 번 치고는 두 번째 관문이 얼마 남지 않았으니 모두들 힘을 내자고 목소리를 높였다. 힘을 내긴 해야 할 것 같았다. 수백 개는 족히 되어 보이는 비현실적 돌계단이 돌연 우리 앞에 나타났으니까.

돌계단을 제일 먼저 정복한 건 지후였다. 처음엔 나와 주미의 뒤를 지켰지만 중간 지점 이후 성큼성큼 뛰어 우리를 앞질렀다. 갑작스러운 등정에 제일 당황한 건 몸 쓰는 일과는 거리가 멀었던 나였던 것 같다. 입술을 꼭 다물고 몇 계단 앞서가

오늘은 죽음의 날입니다

는 주미를 놓치지 않겠다는, 놓쳐선 안 되겠다는 생각이 없었다면 포기했을 것이다. 고마운 건 민호였다. 민호는 내 뒤에 서서 계단을 올랐다. 내가 멈추면 민호도 멈추었고, 내가 움직이면 민호도 움직였다. 일부러 뒤를 돌아보지는 않았으나 예민한 편이 아닌 나도 그 정도는 느낄 수 있었다. 다시 써야겠다. 민호가 지킨 건 내가 아니라 주미였겠지. 민호가 나를 지킬 이유는 전혀 없었을 테니까. 헉헉 소리를 애써 속으로 삼키고 마지막 계단을 오르자 몇 걸음 먼저 도착한 주미가 내 손을 잡으며 고생했어, 하고 위로해 주었다. 주미를 놓치지 않은 것이 기뻐서 주미처럼 빙긋 웃으며 대답했다. 너도.

지후는 민호가 도착한 것을 확인한 후 입을 열었다. 머리부터 발끝까지 온몸으로 이미 짐작했겠지만 우리는 방금 두 번째 관문을 통과했어. 불평은 삼가기를. 너무 쉽게 통과하면 관문이라고 애써 이름 붙인 의미도 없으니까. 참고로 우리가 올라온 돌계단도 오백 년의 역사를 자랑하고 있지. 자격증을 배포하는 건 아니지만 스스로에게 자부심을 가져도 좋아. 우린 벌써 도합 천 년의 시간을 거슬러 온 거야.

자격증 운운하는 말은 싱거웠으나 돌다리에 이어 돌계단이라니 적어도 관문으로서의 일관성은 있었다. 돌다리, 돌계단, 돌다리, 돌계단… 이 패턴은 익숙했다. 어디서 경험했더라? 이

것은 데자뷔인가? 아니었다. 실제로 내가 겪은 일이었다. 몸으로, 머리로. 할머니, 우리 할머니, 우리의 늙고 못된 할머니. 작년 겨울의 일이었다. 내가 대학에 합격했다는 소식을 들은 할머니는 절에 인사를 드리러 가자고 했다. 할머니가 폐렴을 앓기 전의 일이었으나 그렇다고 건강 상태가 양호했다는 뜻은 아니었다. 이미 팔십을 넘긴 분이었으니까. 아빠와 엄마가 가든을 부지배인에게 맡기고 기사와 도우미로 합류했다. 차를 탄시간보다 걸어서 이동한 시간이 훨씬 더 길었다. 우리는 돌다리를 지나 돌계단을 올라 오래된 중국 미로 같은 글씨 현판이걸린 일주문을 통과했다. 다시 돌계단을 오르고 또 다른 문을통과한 후에야 건물이 보였다. 절의 규모는 크지 않았다. 높낮이를 달리한 건물 서너 채가 절의 전부였다. 금테 안경을 쓴 스님 한 분이 기다리고 있다가 할머니를 맞았다. 아빠와 엄마도웃으며 인사를 나누는 것으로 보아 친분이 있어 보였다. 할머니는 내 소개를 했다. 내 이름보다 대학이 먼저 나왔다. 스님은 내 손을 잡으며 내 이름만 다시 물었다. 잠시 후 스님은 우리를 이끌고 본전으로 갔다. 할머니가 불상에 정성스럽게 절을 했다. 아빠와 엄마가 따라 하는 것을 보고 나도 절을 했다. 할머니가 예전부터 절에 출입했다는 건 알고 있었다. 내겐 첫번째 경험이었다. 내가 아는 한 아빠와 엄마에겐 종교가 없었

오늘은 죽음의 날입니다

다. 절의 주인인 부처님께 인사드렸으니 다 끝난 것으로 생각했다. 스님은 우리를 다른 건물로 데려갔다. 영문을 몰라 하는 내게 엄마가 귀띔했다. 할아버지를 뵈러 온 거야.

할아버지는 내가 태어나기도 전에 세상을 떠났다. 나는 할아버지에 대해 월남민이라는 기초 상식 말곤 아는 게 전혀 없었다. 삶과 죽음 모두에 대해서. 아빠의 소설처럼 할아버지의 삶과 죽음도 우리 가족에겐 일종의 금기였다. 할머니의 집으로 투항한 이후엔 더욱 그랬다. 만나 본 적도 없었기에 딱히 궁금하지도 않았다. 내게 할아버지는 없음이나 마찬가지였다. 우리가 들어간 건물은 일종의 납골당이었다. '일종의'라는 어휘를 쓴 건 상업적으로 운영되는 납골당처럼 보이지는 않았기 때문이다. 한쪽 벽, 붉은 마호가니로 된 책장 비슷한 가구에 모셔진 유골은 몇 기 되지 않았다. 엄마는 할머니가 절에 돈을 너무 많이 바친다며 아빠에게 불평을 토로하곤 했다. 납골당을 따로 두지도 않은 조용한 도량에 할아버지의 유골을 모실 수 있었던 건 할머니의 시주 덕분이었을 것이다. 우리가 할아버지에게 인사를 하는 동안 스님은 목탁을 두드리며 불경을 외웠다. 화엄경, 금강경 등신불, 열반 같은 교과서에서 본 단어들이 머리에 떠올랐다 사라졌다. 잠시 후 할머니는 아빠에게 눈짓을 했다. 아빠는 나와 엄마를 보며 고개를 옆으로 살짝 돌렸

고 우리는 할머니와 스님만 남겨 놓은 채 밖으로 나왔다. 아빠
는 담배에 불을 붙이려다 산사에 있음을 깨닫고 다시 주머니
에 넣었다. 할머니의 목소리가 건물 밖으로 힐끔힐끔 머리를
내밀었다. 내 이름이 나왔고 아빠의 이름이 나왔고 욕 비슷한
소리가 웃음과 함께 들린 뒤 아빠의 이름이 한 번 더 등장했
다. 황급히 걸음을 떼는 아빠에게 물었다. 할아버지는 왜 그렇
게 일찍 돌아가셨어?

아빠는 내 귀에 대고 조용히 속삭였다. 스스로 목숨을 끊으
셨어.

나는 정말, 하고 되물었지만 아빠는 더 이상 아무 말도 하
지 않았다.

제망매가 같은 무겁고 쓸쓸한 바람이 또다시 불었을 때 주미
가 고백했다. 이사 가기 전까지 줄곧 이 동네에 살았어.

역시 그랬구나. 주미가 먹이처럼 주는 부스러기 단서들을 모
으며 생각을 정리했다. 말은 안 했지만 지후도 역시 성현동 출
신이겠지. 활기를 얻은 수사 덕분에 질문이 터진 하수도처럼
지저분하게 쏟아졌다. 둘은 어릴 때부터 서로 알고 지냈을까?
장미꽃 열 송이를 바쳤던 그 남자애처럼 지후도 한때 주미를
좋아했던 걸까? 둘은 잘 안 되었을까? 그래서 둘은 서로에게
화난 사람처럼 보이는 걸까? 야구는 또 뭘까? 모르겠다. 신중

오늘은 죽음의 날입니다

해야겠다. 너무 앞서가지는 말아야겠다. 미리 짐작하지도 말아야겠다. 내 친구 주미에 대해 섣부른 억측을 하고 싶진 않다. 지후에 따르면 우리의 여정은 아직 한참 더 남았으니까. 길을 따라 걷노라면 비밀은 공기와 바람과 나무와 언덕과 별을 통해 자연스레 드러날 테니까. 주미가 말했다. 지금 우리가 머물고 있는 이 순환도로도 셀 수 없이 많이 오고 갔지. 내겐 뒷동산 같은 곳이었어. 그런데 사실 순환도로라는 이름은 잘못되었어. 완전한 순환도로라면, 출발점에서 떠나서 길을 걸으면 다시 출발점으로 되돌아와야만 하겠지. 이 도로는 그렇지 않아. 한참 가다 보면 큰길이 나오지. 그런데 그 길을 따라가면 갑자기 중간에 툭 끊어지고 다른 길과 연결되는 거야. 우리 뒤편으로 보이는 길로 다시 돌아오려면 길을 건넌 후 집들 사이로 난 수백 개의 계단을 오르락내리락해야만 하지. 사정이 이러니 외지인은 아예 길을 잃어버리기 십상이고. 그런데도 사람들은 습관적으로 순환도로라고 부르니 참 이상한 일이야. 초등학교 3학년 땐가 4학년 땐가 아이들과 함께 낙엽을 주우러 온 적이 있어. 낙엽을 줍다 보니 문득 호기심이 생겼어. 순환도로를 따라 계속 걸으면 원래 자리로 다시 돌아올까, 하는. 난 순환도로라는 말을 굳게 믿었어. 세상이 내게 거짓말을 할 리가 없으니까. 아이들에게 조금 이따가 보자고 손을 흔든 후 도로를 따라 걸었

117

고 그러다 큰길을 만났지. 순환도로가 계속 이어지는 걸로 여기고 따라갔더니 갑자기 처음 보는 거리가 나타난 거야. 생소하고 혼잡한 거리 풍경에 나는 당황해서 울음을 터뜨렸어. 지나가던 아저씨가 걸음을 멈추고 집이 어디냐고 물었어. 성현동이라고 말했더니 아저씨는 깜짝 놀랐지. 아저씨가 태워 준 버스를 타고서야 그 이유를 알았어. 성현동 고개까지는 무려 아홉 정거장이었어. 순환이라는 말에 깜빡 속았던 거지.

주미의 고백에 내 어린 시절 일화 하나가 떠올랐다. 교실에서의 일이었다. 아이들은 모두 율동에 열중하고 있었다. 오직 나만이 꼿꼿한 자세로 서 있었다. 선생님이 말하는 소리가 들렸다. 아직 한 명이 그대로 서 있어요. 선생님을 따라 하면 기분이 좋아질 거예요. 나는 선생님의 말을 따르지 않았다. 선생님을 싫어한 것도, 율동을 혐오한 것도 아니었는데 왜 그런지 그 순간에는 조금도 움직이고 싶지 않았다. 갑자기 학교가 낯설어졌다. 무서워졌다. 다른 세상에 속한 장소 같았다. 선생님은 마녀 같았고 다른 아이들은 주술에 걸린 목각 인형 같았다. 학교에서 벗어나고 싶었다. 그러기엔 내 심장과 다리가 너무 연약했다. 그 시간이 어떻게 끝났는지는 모른다. 그저 굳은 자세로 서서 다른 아이들이 두려움도 없이 몸을 움직이는 것을 쳐다보던 기억만 있을 뿐. 물론 난 주미에게 말하지 않았다. 주

오늘은 죽음의 날입니다

미의 이야기와 비슷하지도 않았으니까. 아무런 의미도 없는 어린 시절의 기억일 뿐이니까.

지후와 민호가 다시 보였다. 둘만의 부조리극은 아직 끝이 나지 않았다. 그들은 올림픽 금메달이라도 다투듯 온 힘을 다해 달려오고 있었다. 주미가 내 손을 꼭 잡으며 무심히 말했다. 절대 날 두고 먼저 가지 마.

목소리와는 달리 주미는 떨고 있었다.

10.

우리는 불의 전차처럼 달렸다. 지후는 저기 저 벤치까지 달리는 거다, 라고 일방적으로 통보하곤 앞으로 내달렸다. 나는 지후의 움직임에 무조건 반응하는 감지기를 부착한 기계처럼 곧바로 다리를 움직여 뒤를 따랐다. 저기 저 벤치가 어디인지는 몰랐다. 벤치는 보이지도 않았다. 어차피 관계는 없을 것이다. 내가 지후를 앞서기는 어려울 테니. 지후의 뒤를 바짝 따라붙는 게, 나란히 달리는 게 나로서는 최선일 테니. 순환도로라고 했던가? 도로는 달리기에 좋았다. 길엔 경사가 거의 없었고 바람은 적당히 좋았고 구름이 강한 햇빛을 막아 주었고 좌우로 늘어선 나무는 어깨에 새들을 매단 채 쉴 새 없이 낙엽 응원군을 지상으로 내려보냈다. 지후가 뒤돌아보며 말했다. 이 도

오늘은 죽음의 날입니다

로를 매일 달리곤 했어.

속도를 내 지후를 따라잡았다. 지후와 나란히 달리며 물었다. 너 야구 했었어?

그랬지. 초등학교 4학년 때부터 중학교 3학년 때까지.

그랬구나. 지후는 6년 동안 야구를 전문적으로 했던 것이다. 인생의 삼분의 일을 야구에 투자했던 것이다. 야구 선수로 살기 위해. 나로서는 처음 들은 이야기. 불공평해.

뭐가?

우리 둘이 야구 시합을 하고 네가 항상 이겨서 아이스크림을 얻어먹은 거.

이 시점에 고작 한다는 소리가 그거냐?

나한텐 중요한 일이니까.

지후가 내 머리를 툭 치고 앞으로 달려갔다. 하여간 너는 이상한 놈이야.

지후를 놓치지 않으려 애쓰며 아이스크림에 대해 조금 더 생각했다. 아빠와 이종 격투기 경기를 관람한 건 오직 한 번이었다. 야구 경기는 열 손가락으로 헤아릴 수 없을 만큼 여러 번 보았다. 야구는 아빠가 생각하는 진짜 스포츠였기 때문이다. 아빠는 포수 뒤편의 자리를 좋아했다. 그곳에서는 야구의 신이 되어 경기 전체를 조망할 수 있다고 했다. 아빠는 포일, 보크, 낫아웃, 야수선택처럼 내가 단번에 이해하기 어려운 상황이 벌어질 때마다 그 의미를 차근차근 설명해 주었다. 야구는 참 이상한 스포츠였다. 아이스크림을 손에 든 채 아빠의 설명을 듣고 나면 모든 게 달리 보였기 때문이다. 심지어는 손에 든 아이스크림도 달리 보였다. 뭐랄까, 스포츠라기보다는 국어 시간 같았다. 책을 제대로 읽고 나면 세상이 달리 보였으니까. 내가 야구장에서 가장 좋아한 건 불이 켜지는 순간이었다. 하늘이 약간 어두워지고 경기장 곳곳이 음모에 동참하듯 함께 어둑해지면 흰 공의 존재가 오히려 더 선명하게 보이는 특별한 순간이 온다. 그때가 오면 나는 허리를 꼿꼿이 세운 채 기다렸고 야구장은 내 기원에 응답했다. 어느 순간 야구장에 불이 켜졌다. 거인처럼 묵묵히 경기를 지켜보던 외야의 조명탑이 허리를 살짝 비틀면 하나둘 소리 없이 불이 들어왔다. 불은 경망스럽지 않았다. 주위 경계하듯 조금씩, 조금씩 조심스럽게 밝기를 더하다가 마침내는 야구장을 자신의 부하로 삼았다. 그러는 동안 야구장은 전혀 다른 세상이 되었다. 낮의 야구는 선수들이 하는 것이었고, 밤의 야구는 불빛이 하는 것이었다. 불빛은 선수들을 밤의 야구장이라는 무대의 배우로 만들었고, 경기를 지켜보는 관객의 얼굴과 마음에도 깊은 음영을 선사했다. 불이 들어오면 아빠의 말수가 줄었다. 의자 깊숙이 몸을 묻고

오늘은 죽음의 날입니다

경기를 지켜볼 뿐이었다. 흘낏흘낏 바라본 아빠의 옆얼굴은 꼭 다른 사람 같았고, 나는 그것이 신기해서 보고 또 보았다. 아이스크림이 녹아 없어지듯 아빠도 내 세계에서 사라졌고 영원할 줄 알았던 그때의 그 야구장도 지금은 허물어졌다. 몇 달 전 어느 날 지금은 기억나지도 않는 무언가, 예를 들자면 경멸과 질투와 비난과 환멸이 균질하지 않게 섞인, 헝클어지고 뭉개진 감정의 아이스크림과 비슷한 무언가를 도저히 견딜 수 없었던 나는 야간 자율학습을 빼먹고 야구장을 찾아갔다. 야구장이 있던 자리엔 UFO를 닮은 건물이 들어서 있었다. 한때 야구장이 있었음을 증명하는 건 한 쌍의 조명탑뿐이었다. 나는 그 조명탑들을 왜 남겨 놓았는지 도무지 이해할 수 없었다. 아니, 분노했다. 멸망한 나라의 왕을 죽이지 않고 살려 두어 모멸감을 맛보게 하다니 무례했다. 나쁜 왕도 아니었는데. 나라만 아는 충직한 왕이었는데. 보이는 세상이 전부가 아니라는 걸 알게 해 준 왕이었는데. 아빠와 내가 좋아하던, 사랑하던 왕이었는데.

오늘이 죽음의 날이라고 했나? 실제로 있는 날인지 지후가 머릿속으로 만들어 낸 날인지 나는 알지 못했다. 어느 쪽이건 관계없었다. 그렇게 부르고 싶으면 부르는 것이다. 이름을 부르면 실제로 이루어지는 것이다. 내게 지후는 고대의 주술사였으니. 피리를 불어 달의 운행을 잠깐 멈추었다는 그 옛날 월

명사 스님처럼. 아빠가 사라진 후 아빠에 대해 생각하지 않으려고 노력했다. 우리를 버리고 홀로 좋은 곳으로 떠난 나쁜 인간으로 간단히 규정짓고는 머릿속에서 제거하려고 노력했다. 아주 가끔씩만, 어떤 이유에서건 견디기가 유독 힘들었던 날들에만 아빠와 나눴던 추억을 에이스 과자 부스러기처럼 조금씩 떠올려서 먹었다. 지후가 나를 성현동으로 이끈 오늘 그동안의 내 노력은 허사가 되었다. 어느 순간부터 아빠는 내 머리를 점령해서는 아예 주인인 양 눌러 앉았다. 하지만 난 안다. 그건 진짜 아빠는 아니란 것을. 지후의 주술이 만들어 낸 허상이라는 것을. 진짜 아빠는 지금 어디에 있는 걸까? 아빠에겐 새로 가족이 생겼을까? 아빠는 지금도 야구장에 갈까? 조명탑에 불이 켜지면 여전히 말이 없어질까? 아빠가 혹시, 야구를 하지 않는 다른 나라로 떠나지는 않았을까? 담임은 엄마에게 전화를 했을까? 엄마가 내게 전화를 했을까? 내 핸드폰은 무덤 같은 보관함에서 쉬지 않고 울어 대며 나를 찾고 있을까? 이민호, 이 학년, 쌍룡고등학교…

　우리는 불의 전차처럼 달렸다. 출발 때보다 조금 더 어두워진 하늘에서 폭우처럼 쏟아지는 낙엽 속을 우리는 멈추지도 않고 계속 달렸다. 길은 끝없이 이어졌고 지후가 지목했던 벤치는 나타나지 않았다. 속도를 높여 지후를 따라잡았다. 지후와 나란히 달리며 말했다. 우리가 고등학생이라는 걸 눈치챈 것 같아.

누가? 주미가?

혜연이가.

그래서?

그냥, 그렇다고.

괜찮아.

정말?

관문에 들어선 이상 그런 건 아무 상관없어. 여기까지 왔으니 다 끝날 때까진 빠져나가지 못할 거야.

다시 앞서가는 지후를 놓치지 않으려 애쓰며 혜연과 잠시 나눴던 대화를 생각했다. 계단을 오른 후 숨을 고르고 있는 혜연을 보다가 나도 모르게 불쑥 질문을 던졌다. 대학교는 어때? 고등학교와는 좀 달라?

혜연이 말없이 내 얼굴을 보았다. 내 얼굴 속에서 범죄의 흔적을 찾는 듯한 느낌에 고개를 숙여 시선을 피했다. 글쎄, 너도 나랑 같은 학교를 다니잖아. 아마 네가 느끼는 것과 비슷하겠지.

대답을 듣는 순간 내 실수를 깨달았다. 실수를 무마하려 이야기를 돌렸다. 댈러웨이 부인은 괜찮아?

괜찮다니 뭐가?

아 내 말은… 책이 괜찮으냐는 말이야. 읽어 볼 만한 책인지 궁금해서.

혜연이 주미를 잠깐 바라본 후 귓속말하듯 조용한 목소리로 말했다. 물결 같은 책이야. 너도 한 번 읽어 봐.

물결 같은 책이라고? 무슨 뜻인지 몰라도 아름다웠다. 혜연은 국어 선생이었다. 저런 놀라운 표현을 쓰다니, 소설이 육화해 살아 움직이는 것 같았다. 부러웠다. 나와는 다른 경지에 이미 오른 존재. 아무리 노력해도 따라잡기 힘든 존재. 이미 지나가 버린 물결처럼. 나는 결코 발을 담글 수 없는. 그것은 물결. 아마 혜연에겐 국어 선생처럼 훌륭한 아빠도 있겠지. 혜연이 물었다. 혹시 나한테 권해 주고 싶은 책은 없어?

내가 읽은 건 이미 너도 다 읽었을 거야.

그렇지 않을걸. 사실 나는 책을 별로 좋아하지 않거든.

글쎄.

너의 책을 알려줘. 세상은 넓고 책은 무한하니까.

혹시… 젊은 예술가의 초상 읽었어?

아 맞다. 네가 누구랑 닮았나 했더니…

응?

아니, 아니. 안 읽었어. 들어는 봤는데 읽은 적은 없어. 읽어

봐야겠다. 도서관에서 빌려 읽고 마음에 들면 사야겠다. 먼저
사야 하나? 하지만… 괜찮겠지?

나야 뭐, 관계없지. 내가 쓴 것도 아니니까. 그런데 혹시…
핸드폰 있어?

있지. 뭐 하려고? 어머, 내 번호를 찍어 달라는 거니?

아니, 그런 건… 아, 오해는 하지 마, 번호가 싫다는 뜻은 아
니고, 아 자꾸 꼬이네. 아무튼, 됐어. 그냥 물어본 거야, 그냥.
다른 뜻이 있었던 것은 아니고.

엄마에게 전화하려 그런다는 말은 차마 할 수 없었다. 아, 혜
연은 어떤 표정이었지? 웃었나? 당황했나? 새침했나? 조금 전
의 일인데도 기억은 검은 재로 변해 있었다. 혜연이 주미에게
내 이야기를 했을까?

우리는 불의 전차처럼 달렸다. 두터운 구름처럼 머리 위를
덮은 검은 새 무리 아래에서 우리는 온 힘을 다해 달렸다. 길
은 끝없이 이어졌고, 지후가 지목했던 벤치는 나타나지 않았
고, 나는 속도를 높여 지후를 따라잡았고, 지후와 나란히 달리
며 말했다. 야간경비원, 괜찮은 것 같아.

그러냐?

수염도 좀 길러 봐. 진짜 야간경비원처럼.

야간경비원과 수염이 무슨 관겐데?

저녁과 밤과 야간경비원의 관계랑 동일하지.

너라는 녀석은 정말… 저기 저 청둥오리 떼들도 널 비웃겠다. 너 그거 아냐? 청둥오리들은 은어를 잡아서 뇌만 먹고 버린대. 뇌수술 전문가들인 거지.

지후가 내 머리를 툭 치고 앞으로 달려갔다. 청둥오리라니, 은어라니, 뇌라니. 머리 위엔 수없이 보아 왔던 지겹고 음산한 까치들밖에는 없었다.

저 멀리 혜연과 주미가 앉은 벤치가 보였다. 반환점도 돌지 않았는데 결승점이 보였다. 마치 시작과 끝이, 해와 달이, 삶과 죽음이 하나로 연결된 것처럼, 월명사 스님이 곧 달이었던 것처럼, 스님의 죽은 누이는 실은 스님이었던 것처럼. 이곳은 이름 그대로 진짜 순환도로였다. 이름과 실재가 일치하는 진짜 장소였다. 우린 대체 얼마나 오래 달렸던 걸까? 생각에 잠겨 달리느라 힘든 줄도 몰랐는데. 지후가 가리켰던 벤치도 못 보았는데. 지후에게 지고 싶지는 않았다. 야구라면 기꺼이 결과에 승복하겠지만 달리기까지 지고 싶지는 않았다. 아이스크림을 내 돈으로 또다시 사고 싶지는 않았다. 난 부자가 아니니까. 내겐 아이스크림을 사 줄 아빠도 없으니까. 엄마가 김밥과 튀김과 라면을 팔아 번 돈이니까. 예수가 선보였던 오병이어의 기적은 우리에겐 언감생심이었으니까. 나는 지후의 검은

오늘은 죽음의 날입니다

등을 보며 달렸다. 이 경기의 승부에 목숨과 앞날이 달린 것처럼 불안을 억누른 채 달리고, 또 달렸다. 이민호, 이 학년, 쌍룡고등학교… 지후의 옆모습이 보였다. 숨이 가빠졌다. 이민호, 이 학년도 아닌, 쌍룡고등학교 재학생도 아닌. 어쩌면 이민호도 아닌… 우리는 불의 전차처럼 용감하게 순환도로를 달렸다.

11.

먼저 가지 말라는 주미의 말과 떨리던 몸이 내 머리를 빈틈
없이 장악했다. 지금껏 주미는 내게 짙고 확고한 그늘이었다.
바람이 불고 번개가 치고 폭풍우가 몰려와도 그 어둠 안에 있
으면 편안하고 따뜻했다. 지금 주미가 제공하던 피난처의 문
은 날아갔고 창은 부서졌으며 지붕만 겨우 남았다. 집요한 바
람과 비와 번개는 아예 그늘을 밀어내고 지우고 허물기 위해
아우성쳤다. 그냥 두어선 안 되었다. 주미의 마음을 지탱했던
어둡고 편안한 그늘은 세입자인 내게도 소중했다. 지후가 이
제 세 번째 관문으로 갈 시간이라며 발걸음을 돌렸을 때 주미
의 손을 붙잡고 조심스럽게 물었다. 네가 힘든데 무리해서 끝
까지 동참할 필요는 없어. 이건 여행일 뿐이야. 우리가 뭐 멕

오늘은 죽음의 날입니다

시코시티에서 괴한들에게 사로잡힌 인질은 아니니까. 이제 그만 돌아갈까?

주미는 첫 번째 마음을 지닌 주미처럼 신중하게 생각한 후 내 손등을 피아노 치듯 톡톡 두드리며 대답했다. 아니, 그럴 수는 없지. 그래서도 안 되고. 확실하게 다시 한 번 말할게. 날 두고 먼저 가지만 말아 줘.

주미는 노력하고 있었다. 주미의 말대로 살기 위해 견디기 위해 분투하고 있었다. 그러나 그건 예비 전력을 가동해 응급 복구한 그늘. 천막뿐인 성전. 무너진 예루살렘. 지켜보는 나의 무기력함. 마음이 무섭고 불안하면서도 주미가 버티고 견디기 위해 최선을 다하고 있다는 건 인정할 수밖에 없었다. 그래, 거센 소나기 속을 헤치고 걸었던 주미라면 오늘 하루도 버틸 수 있겠지. 이겨 낼 수 있겠지. 내가 할 일은 주미를 기다렸다가 유자차를 함께 마시는 것이고. 유기농은 아닌, 건강에는 해롭지만 눈물 나도록 달콤새콤해서 다 마시기 전엔 도저히 내려놓을 수 없는 진한 유자차. 내가 주미라도 여기서 견디기를 중단하면 억울할 것 같았다. 언젠가는 오늘을 되돌아보며 버티고 견디지 못한 것을 후회할 것 같았다. 그럴 수는 없지. 우리 둘 다 전공 필수 과목도 빼먹고 왔는데. 주미와 지후는 도대체 어떤 관계인 걸까? 지후의 날렵한 뒷모습을 보았다. 지후는 뭐랄까, 위험하면서도 위험해 보이지 않았다. 그의 언행에 평범한 남학생들에게선 보기 어려운 유별난 구석이 존재하는 건 사실이었다. 가면 아래로 언뜻언뜻 보였던 소년의 얼굴은 정반대의 정보를 제공했다. 지저분하게 마른 강줄기에 물이 졸졸 흐르듯 곳곳이 연분홍빛으로 얼룩진 얼굴을 정확히 뭐라 정의해야 할지 모르겠다. 순진함과 어리석음과 분노와 슬픔의 지류가 하나의 강에 혼란스럽게 뒤섞여 흐르고 있다고나 할까? 얼핏 본 구성 요소는 정확하지 않았고 비율은 짐작도 할 수 없었다. 내 예상과는 달리 위험 요소인 분노가 구십 퍼센트일 가능성도 배제하진 못할 것이다. 그럼에도 감정의 동요 없이 곧바로 무기를 집어 들어 다른 누군가에게 치명적인 위해를 가할 사이코패스의 얼굴로는 절대 보이지 않았다. 설령 내 판단이 틀렸더라도 믿는 구석이 여전히 남아 있었다. 그건 바로 민호였다. 지후가 민호를 동반한 건 훌륭한 선택이었다. 지후가 젊은 예술가의 초상을 읽었을 것 같지는 않다. 그럼에도 여린 듯 강한 스티븐 디덜러스를 닮은 민호는 지후 스스로가 마련한, 자신이 제어하지 못하는 상황에 대비해, 마지막 안전판이라고 나는 확신했다.

우리는 순환도로를 떠나 횡단보도를 건넜다. 이미 올랐던 돌계단을 왼쪽으로 보면서 몇십 미터 가량 더 내려오자 오른쪽

오늘은 죽음의 날입니다

으로 좁고 긴 사잇길이 보였고 그 길의 끝에서 역시 오백 년은 족히 되었을 성벽이 처음으로 모습을 드러냈다. 세 번째 관문은 저 낡고 오래된 성벽과 관련이 있을 거라는 데에 내 전 재산을 걸겠다. 지후는 우리를 보며 빙긋 웃고는 사잇길로 들어섰다. 처음 방문한 성현동은 네팔의 산악 도시 같았다. 평지보다 비탈길이 더 많았다. 사잇길의 경사는 사십오 도 이상이었다. 제2관문이었던 돌계단이 그리울 지경이었다. 언어를 아껴야 했다. 호흡을 조절해야 했다. 근육을 조심스럽게 사용해야 했다. 우리는 저마다의 산소통을 지고 말없이 히말라야를 올랐다. 지후가 선두에 섰고 민호가 후미를 지켰다. 나는 주미의 기울어지고 연약한 등을 보고 걸으며 할머니, 할머니, 할머니를 입술로 반복했다. 개가 죽고 일주일 뒤 할머니가 집으로 돌아왔다. 수척한 얼굴과 여윈 등, 염색의 숲 사이로 보기 흉하게 머리를 내민 흰 머리카락이 보름간의 병원 생활을 대변했다. 현관문을 열려는 나를 고갯짓으로 제지하고 당신의 카드 키를 사용해 집 안으로 들어선 할머니는 개부터 찾았다. 이름을 세 번 불렀으나 개는 나타나지 않았다. 할머니는 아무것도 묻지 않았고, 아무 말도 하지 않았다. 할머니는 개가 주로 머물렀던 소파 옆 공간을 흘낏 보곤 방으로 들어갔다. 생각 없다며 저녁을 건너뛴 할머니는 밤이 깊어서야 나를 방으로 불렀다.

개의 마지막 모습이 어땠느냐는 질문에 나는 사실대로 다 말하지는 않았다. 단말마의 비명은 생략하고 나머지 부분만 적당히 축약해 전달했다. 추가한 내용도 있었다. 개는 제 수명보다 더 살았다고, 죽을 때도 고통을 거의 못 느꼈을 거라고, 수의사의 명의를 도용해 말했다. 할머니는 나를 빤히 보고는 개는 어디에 있느냐고 물었다. 내가 질문의 의미를 잘 알아듣지 못하자 할머니는 미간을 찌푸리며 천천히 말했다. 죽은 개는 어떻게 했느냔 말이다.

개가 죽었다는 연락을 받고 동물병원에 갔을 때 수의사는 짧게 애도를 표하고는 곧바로 사체 처리는 어떻게 할 것인지 물었다. 어떤 방법이 있느냐고 묻자 보호자가 직접 처리하는 방법도 있으며 쓰레기봉투에 넣는 것도 위법은 아니지만 대개는 화장을 택한다고 했다. 주저 없이 화장을 택했다. 난 보호자도 아니었으니까. 쓰레기봉투는 좀 그랬으니까. 그것으로 끝이 아니었다. 수의사는 유골은 어떻게 할 것인지 물었다. 얼굴을 조금 찡그리고 다시 묻자 유골을 돌려받는 것과 돌려받지 않는 것 중 선택할 수가 있다고 했다. 난 후자를 택했다. 수의사는 비용 차이는 크지 않다며 한 번 더 물었고 나는 대답을 바꾸지 않았다. 죽어 가는 개도 무서웠지만 죽은 개의 유골이라니 생각만 해도 끔찍했다. 나는 화장 비용을 내고 집으로 돌아왔다.

오늘은 죽음의 날입니다

개가 쓰던 집과 장난감과 밥그릇 등을 쓰레기봉투에 넣어 버린 후 개를 깨끗이 잊었다. 할머니는 깊은 한숨을 쉬곤 매정한 년, 지 애비 같은 종간나 새끼라고 말했다. 할머니에게서 처음 듣는 욕이었다. 엄마와 아빠에게서 한 번도 들어 보지 못했던 지독한 말. 게다가 아빠까지 싸잡아 욕을 하다니. 눈물이 벌컥 쏟아지려는 걸 입술을 꾹 깨물어 참았다. 할머니는 자신이 죽어도 그렇게 할 거냐고 갑자기 언성을 높였다. 논리의 비약이었다. 할머니는 개가 아니었으니까. 설사 할머니에게 일이 생긴다 해도 당신의 하나뿐인 아들, 역시 종간나 새끼인 아빠가 다 알아서 처리할 테니까. 내가 아무 말도 하지 않자 할머니는 어릴 적 화상으로 굽은 오른손을 불가사리처럼 저주하듯 나를 향해 뻗곤 윤회라는 종교 언어를 사용해 공격했다. 네가 죽어서 개로 다시 태어났는데 주인이 너를 잘 돌봐주지도 않고 쓰레기처럼 방치하거나 밥도 굶기고 욕도 퍼부으며 내내 괴롭히기만 하다가 죽은 뒤 시체도 제대로 묻어 주지 않고 길거리에 놔두면 네 심정은 도대체 어떻겠냐? 그런 지경이 되고서야 너는 개의 마음을 헤아려 볼 참이냐?

죽은 건 개였는데, 내가 죽인 것도 아니었는데, 십 년 동안 나를 본 체 만 체 한 개에게 마지막 순간까지 밥도 가져다 바치고 똥오줌 수발을 들고 하나뿐인 무릎 담요까지 제공했는데 할머니는 모든 비난을 내게만 퍼부었다. 내 생각이 짧았다는 건 인정하겠다. 나는 할머니와 죽은 개의 입장을 충분히 고려하지 않았다. 그렇다고 하나뿐인 손녀에게 다음 생엔 개로 태어날 것이라고 비난하다니. 정신적으로 그로기 상태였을 아빠가 심판이 아홉 셀 때까지도 주먹을 올리지 않고 할머니의 집으로 들어오기를 꺼려했던 이유를 비로소 알 것 같았다. 소설가로 성공하지 못한, 성공의 기준이 무엇인지 나는 잘 모르겠지만, 아빠에게 퍼부었을 할머니의 냉혹한 비난을 생각하니 마음이 저렸다. 난 이북에서 맨손으로 내려왔는데 손까지 다친 몸이었다. 그래서 두 손이 아닌 한 손으로 죽어라 일해서 고깃집을 일구었다. 남보다 열 배, 스무 배 노력했다. 그런데 너는… 아빠와 엄마가 필요 이상으로 교외의 가든에 오래 머무는 것, 병원에 왔다가 퇴원 수속만 마치고 도망치듯 일터로 향한 것도 그래서일 테고. 할머니의 공격은 도를 넘어섰다. 할머니가 굽은 손으로 일군 재산이 우리 가족을 살린 건 인정한다. 그러나 나는 할머니의 처분에 목숨을 맡긴 실험용 쥐도, 할머니에게 떠는 아양으로 목숨을 이어 가는 잡종 애완견도 아니었다. 반박과 항변은 내 전공은 아니었지만 개의 온전한 환생을 막은 전대미문의 파렴치범이라는 누명을 쓰고서도 바보처럼 가만히 당하고 있을 수는 없었다. 내 마음이 조금만 독했다면, 고

오늘은 죽음의 날입니다

기 냄새에 찌든 아빠와 엄마를 떠올리지 않았다면, 남은 대학 생활에 드는 비용을 내 힘으로 조달할 자신이 조금이라도 있었다면 나는 할머니에게 당당하게 묻고 따졌을 것이다. 할아버지는 왜 스스로 목숨을 끊으셨을까요? 할머니가 믿는 그 오래된 종교에 따르면 자살한 사람은 다음 생엔 어떤 존재로 태어나나요? 아참, 자살을 방치 내지 조장한 사람은요?

나는 묻지 않았다. 나를 비난하느라 하루치 기력을 이미 다 써 버린 할머니도 돌연 입을 다물었다. 할머니는 기침을 했고 나는 휴지를 뽑아 할머니 앞에 놓았다. 할머니는 입술을 닦고 침을 뱉은 휴지를 내게 건네곤 침대에 누웠다. 나는 축축한 휴지를 손에 든 채 돌아설 줄 모르는 할머니의 등을 한참 바라보다 밖으로 나왔다.

우리는 성벽 아래에 도착했다. 고고학자 내지 지질학자와는 거리가 먼 내가 보기에도 성벽은 다리와 계단보다 훨씬 오래되어 보였다. 세월에 그을리다 못해 검은색으로 변해 버린 하단의 거대한 돌들은 그것들이 짊어지고 버텼을 역사의 무게를 실증했다. 돌에게도 입이 있다면 댁들에게도 인정머리라는 게 있을 테니 이제 나를 좀 쉬게 해 주오, 하고 잔뜩 쉬고 금이 간 목소리로 피가 섞인 검붉은 하소연을 할 것 같았다. 그러나 돌은 말을 할 수 없었고 설령 기적처럼 입을 열었더라도 매정한 종간나 년인 내겐 사물의 말, 혹은 마음을 들을 수 있는 신통한 귀가 없었다. 성벽은 균일하지 않았다. 위로 올라갈수록 돌은 작아지고 밝아지면서 인공의 손길을 드러냈다. 최근에 보수한 게 틀림없는 성가퀴는 평소보다 조금 빠르게 어둠이 드리워진 무거운 하늘 아래에서도 반짝반짝 빛이 났다. 성벽 중간엔 어른 두 명이 겨우 드나들 수 있는 크기의 암문이 있었다. 문자 그대로 암문이었다. 암문은 막힌 것 없이 뚫려 있었으나 안쪽으로는 검은 어둠 외에는 아무것도 보이지 않았다. 아직 다섯 시도 안 되었으니 그 정도로 어둡진 않았는데. 우리가 지나온 두 개의 관문들과는 차원이 다른 세계가 펼쳐질 것임을 농담을 모르는 진지한 목소리로 예고하는 듯했다. 성벽과 암문은 전혀 다른 목적으로 만들어진 건축물을 떠올리게 했다. 천 개가 넘는 거대한 화강암을 쌓아 만들었다는 장군총의 상부엔 암문을 닮은 검은 구멍들이 있었다. 길림성 집안에 있다는 장군총을 직접 본 것은 아니니 아마도 올바른 연상은 아닐 것이다. 사실 난 고구려의 역사를 자세히 기술한 역사책을 들춰 본 적도 없었다. 내가 본 유일한 장군총의 사진은 고등학교 역사 교과서에 손바닥보다도 작게 실려 있던 것이었다. 해상도 낮은 그 흑백 사진마저도 눈여겨봤던 기억은 없다. 그때도 내 관심은 사람의 마음에 있었지 들판의 돌무더기 속에 파묻힌 비밀에 있

오늘은 죽음의 날입니다

지 않았다. 대륙을 호령했다는 대제국의 찬란했던 역사는 솔직히 말해 내겐 프로이트의 얇은 문고본 책자보다 못했다. 장군총은 오직 시험을 통과하기 위해 머리에 잠시 머물렀다 사라진, 지금은 무의미와 동일한 단어일 뿐이라고 여겼다. 그렇지 않았다. 성벽과 암문을 보자 파블로프의 개처럼 즉각적으로 장군총을 떠올린 걸 보면 그 돌무덤은 스쳐 지나간 게 아니라 검문을 피해 내 무의식의 그늘에 내내 웅크리고 있었던 게 분명했다. 지후가 성벽을 자신이 기르는 애완동물인 것처럼 친근하고 다정하게 쓰다듬으며 말했다. 다들 이미 짐작했겠지만 주재자로서 공식적으로 선언하겠어. 성벽 사이로 난 암문이 우리가 통과해야 할 세 번째 관문이지. 멋대가리 없이 그냥 획 통과하기 전에 짧게나마 설명을 하자면 이 성벽 또한 오백 년 전의 제품이라는 것, 그러니까 우린 도합 천오백 년을 거슬러 올라가는 셈이라는 것. 하루, 아니 한나절에 천오백 년을 경험하다니 여행을 계획한 사람으로서 살짝 뿌듯함을 느끼게 되는군.

지후는 연설을 멈추곤 우리를 보며 어깨를 으쓱였다. 칭찬, 격려, 혹은 박수라도 기대한 걸까? 우리 중 누구도 지후의 말에 반응하지 않았다. 지후는 입을 살짝 내밀었다가 곧바로 고개를 끄덕이곤 말을 이었다. 어릴 적 이 성벽은 동네 아이들의 놀이터였어. 미끄럼틀을 졸업하자마자 곧바로 이 성벽을 오르내렸지. 보기엔 가파르고 잡을 만한 곳도 전혀 없는 것 같지만 막상 오르면 그렇지는 않아. 성벽은 노인처럼 등이 굽었고 피부는 상처투성이에 거칠고 울퉁불퉁하지. 노인에겐 불행이지만 아이들에겐 축복이야. 경사진 등을 밟고 늘어진 피부를 잡고 오르면 되거든. 지후는 측량사처럼 손을 들어 높이를 가늠했다. 대략 오 미터 정도 되네. 놀랍군, 놀라워. 어렸을 땐 63빌딩처럼 높아만 보였는데 말이야. 뜬금없는 사설에 지루했다면 미안. 나 말곤 아무도 관심 없을 싸구려 추억을 장황히 떠벌리자는 건 아니고, 실은 성벽을 통과하는 또 다른 방법을 정식으로 제안하는 거야. 평범하게 암문을 지나갈 수도 있지만 여행의 재미를 추구한다면 성벽을 넘어서 갈 수도 있다는 거지. 물론 내가 권하는 건 후자 쪽이지만 몸이 약한 여성 참여자들께는 조금 무리일 수도 있으니, 성차별은 아니니 괜한 오해는 말고, 나의 훌륭한 벗 민호 군만 동반하는 게 적절한 타협안이겠군.

지후가 내미는 손을 민호는 뜻밖에도 단호하게 거절했다. 고소공포증이 있다는 이유였다. 오 미터는 고소 축에도 못 든다고 지후가 한 번 더 권해도, 그러다 고소당한다는, 욕을 불러올 만한 저급하고 싱거운 농담에도 민호는 마음을 바꾸지 않았다. 지후가 머리를 긁적였다. 손톱을 쳐다보곤 후 하고 바람을 불었다. 뭐 어쩔 수 없지. 난 강요는 하지 않는다는 몹시 지루하고 단호한 신념을 갖고 있으니까. 손님들의 의견이 그렇다면 이 몸 홀로 등정할 수밖에.

지후가 손바닥을 마주치고 어깨를 서너 번 턴 후 검은 돌에 발을 디뎠을 때 주미가 나섰다. 나도 오를게.

지후가 빙긋 웃으며 말했다. 잘 생각했어. 다른 사람도 아닌 너 같은 인간이 편안하게 암문을 이용하다니 그건 좀 웃기는 일이지.

잘못 들었나 싶었다. 지후는 자발적으로 나선 주미를 칭찬하지는 못할망정 노골적으로 비웃고 도발했다. 주미는 침착하게 그늘을 유지했다. 네가 먼저 올라가. 손과 발의 위치를 내가 잘 볼 수 있도록 동작을 확실하게 취해 줘.

내가 손을 잡아 줄 거라는 기대는 하지 마.

그런 말은 안 했어.

중간에 울지도 말고. 난 악어새의 눈물은 질색이니까.

출발이나 해.

지후가 주미의 요구를 수용했는지는 확실치 않다. 지후의 동작은 교본의 사진처럼 크고 선명했으나 초보자가 눈으로 보며 익히기엔 속도가 빨랐다. 별다른 고비도 없이 싱겁게 오 미터짜리 정상 공격에 성공한 지후는 성가퀴 사이에 앉아 주미를 계속 자극했다. 급할 건 없으니 천천히 해. 네가 포기하지만 않는다면 하루 종일이라도 기다릴 수 있어. 좋은 정보 하나 알려줄까? 설령 떨어져도 죽을 일은 없어. 우리 모두가 지켜보고 있으니 실종될 염려도 물론 없고.

　지후의 말엔 조롱이 차고 넘쳤다. 둘의 과거가 어땠는지는 몰라도 이건 좀 아니었다. 최고 높이가 오 미터인 곳에서 떨어진다고 죽지는 않겠지만 다칠 가능성은 높았다. 몸을 쓰는 데 익숙하지 않은 주미로선 적지 않은 위험을 감수해야 하는 일인데도 지후는 도움의 손길을 뻗거나 조언을 건네기는커녕 일부러 죽음이니 실종이니 속을 긁는 단어만 골라서 내뱉었다. 주미에겐 지후의 말이 들리지 않는 것 같았다. 성벽을 오르는 일에 인생이 걸린 사람처럼 진지하게 손을 뻗고 발을 디뎠다. 뭐라 말도 못하고 주미를 지켜보았다. 주미가 발을 옮길 때면 내 발이 저렸고 주미가 손을 뻗을 때면 내 손이 시렸다. 주미가 중간 지점에서 멈추었을 때는 내 심장이 멎었다. 그 시간이 왜 그리 길게 느껴지던지 나는 견디지 못하고 잠깐 고개를 돌리며 심호흡을 했다. 잠시 후 주미를 다시 보았을 때 주미는 더 이상 혼자가 아니었다. 우리가 봉합했던, 아니 주미가 혼자 봉합했던 실험용 흰쥐 두 마리가 호위하듯 좌우에 자리를 잡고 주미와 함께 올랐다. 환상일 테지. 쥐라니, 그것도 흰쥐라니. 아, 쥐는 깨어났을까? 작은 발로 무심코 거울을 들었다가 거친 봉합

자국에 마음을 다치진 않았을까? 눈을 감았다 떴다. 쥐는 사라지지 않았다. 사라지기는커녕 그 사이 세포 분열하듯 빠르게 증가해서 성벽을 흰색으로 물들였다. 천 마리, 아니 만 마리도 넘는 것 같았다. 성벽은 아예 쥐의 궁전이었다. 모든 쥐의 등에는 보기 흉한 봉합 자국이 있었다. 우리가 창조한 프랑켄슈타인이라니, 우린 그저 인위적으로 만든 상처를 봉합한 죄밖엔 없는데. 마음 한 구석이 무겁고 무서워져서 민호를 보았다. 민호의 시선에서 나는 아무것도 읽을 수 없었다. 민호가 어디를 보고 있는 건지 도무지 짐작도 안 되었다. 민호는 내가 모르는 사이 이미 암문 너머의 세상으로 훌쩍 건너가 버린 것 같았다.

12.

.

천오백 년을 거슬러 올라가는 셈이라는 지후의 말이 꼬리를 문 8자 뱀으로 변환되어 머릿속에서 계속 맴돌았다. 지후는 세 번의 오백 년을 더해 말했지만 나는 천오백 년을 한꺼번에 생 각했다. 천오백 년 전이라면 아마도 삼국시대일 것이다. 월명 사 스님이 삶과 죽음을 나누는 낙엽 같은 길 앞에 서서 달의 운 행을 멈추었다가 끝내 울음을 터뜨린 때보다도 훨씬 전일 것 이다. 그때도 이 자리에 성벽이 있었을까? 내 질문에 대해 역 사 교과서는 정확한 답을 제공하지 않는다. 교과서에 따르면 삼국시대 서울의 성벽은 지금의 송파구와 강동구와 광진구 지 역에 주로 있었으며 전쟁 또한 성벽이 있는 곳에서 대부분 벌 어졌다. 성현동에 대해선 한마디 언급도 없다. 그러나 교과서

오늘은 죽음의 날입니다

에 적혀 있지 않다고 해서 성벽의 존재를 깨끗이 부정하고 전쟁이 없었다고 흔쾌히 결론지을 수는 없다. 수능 문제도 출제 위원장의 설명과는 달리 늘 교과서 밖에서 출제가 된다. 고대의 성벽과 전쟁이 예의 바르게 지금 교과서의 기술을 충실히 따르리라고 기대할 수는 없는 일이었다. 나는 천오백 년 전에도 성벽이 있었다고 믿기로 했다. 나 혼자만의 무리한 추정은 아니라고 생각한다. 성현동은 풍수지리와 전쟁 따위엔 일자무식인 내가 보기에도 독수리를 닮은 천연의 요새였다. 산 넘어 산이라는 속담을 저절로 떠올리게 할 만큼 산봉우리와 언덕이 많았고, 삼국 모두 어린애처럼 갖고 놀고 싶어 가슴 태우며 안달복달했던 한강도 부지런히 걸으면 이십 분 안에 도달할 수 있었다. 성현대교라는 이름이 괜히 붙은 게 아니었다. 산 넘어 산인 지형, 산꼭대기에서 강이 보이고 언덕 곳곳에 성벽이 존재했다면 전쟁도 있었을 것이다. 총이 개발되기 전이라 전쟁은 근접전이었을 테고 그래서 더 무섭고 치열했을 것이다. 화살과 창으로 적의 기선을 제압한 뒤 개떼처럼 소리 지르며 달려서 성벽을 기어올랐을 것이다. 뜨거운 기름, 불, 돌멩이 같은 온갖 방해물들을 이겨 내고 성 안으로 뛰어들어 길고 짧은 칼로 상대를 찔렀을 것이다. 마지막에는 이종 격투기처럼 주먹과 발길질, 초크와 암바 기술까지 동원해 승부를 가렸을 것이다. 피와 비명과 한숨과 눈물의 강이 성벽을 검붉게 물들였을 것이다. 모든 게 다 끝난 후에는 죽음이 선물한 기이한 침묵과 허무가 살아남은 사람들의 어깨를 위로하듯 안아 주었을 것이다. 그 손길이 하도 부드럽고 따뜻해서 간신히 목숨을 부지했던 사람들 중 몇 명은 기꺼이 죽음의 세계로 떠났을 것이다.

오백 년 전에도 죽음은 여전히 있었을 것이다. 성벽을 이루는 돌은 크고 무거워 보였다. 저울에 올리고 무게를 재는 건 불가능하겠지만 눈대중으로 짐작해도 적게는 일이백 킬로그램, 많게는 사오백 킬로그램은 족히 나갈 것 같았다. 돌에 깔려 죽은 사람도 꽤 많이 있었겠지. 만리장성은 인부들의 무덤이기도 했다는데. 첨단 기술과 인공 지능의 시대라는 요즈음도 건축 공사장에서는 사고가 자주 발생한다. 짓던 건물이 전조도 없이 무너지고 멀쩡하던 크레인이 엿가락처럼 휘고 두 발로 비계를 걷던 사람이 다이빙하듯 아래로 추락한다. 제대로 된 장비도 갖추지 못하고 모든 걸 인력에만 의존했던 조선 시대에 산을 에워싸는 성벽 짓기란 우리 상상보다 훨씬 더 위험한 일이었을 것이다. 아니, 성벽에 검댕처럼 흉하게 묻어 특수 수세미로도 지워지지 않는 죽음을 말하기 위해 굳이 천오백 년, 혹은 오백 년을 거슬러 올라갈 필요는 없을지도 모르겠다. 그저 몇 년 정도만 과거로 눈 감고 걸어가도 널린 죽음은 어렵지 않

오늘은 죽음의 날입니다

게 찾을 수 있으니까. 예를 들어 볼까? 성벽에 지저분한 껌처럼 눌러 붙은 건, 하도 단단히 붙어 떼려야 뗄 수도 없는 건, 바로 나의 죽음이었다.

아빠가 사라진 사건은 가족을 오래 괴롭히지는 못했다. 매정하다고? 그렇진 않다. 기억은 살아남은 사람들을 위해 때론 중요한 것들을 일부러 빨리 지우기도 하는 법이니까. 엄마가 분식집을 차렸을 때 우리는 이미 아빠를 잊었다. 공짜는 아니었다. 치러야 할 대가는 적지 않았다. 나는 더 이상 밤의 야구장을 볼 수 없었고 이종 격투기는 아예 끊어야만 했다. 그러나 다른 사람들이 지레짐작하는 것만큼 못 견디게 외롭고 슬프지는 않았다. 아빠는 사라졌어도 함께 놀 친구들은 여전히 내 주위에 남아 있었으니까. 그 나이 또래의 아이에겐 때론 부모보다 친구가 더 중요한 법이니까. 물론 그 점에 대해서도 내가 간과한 게 하나 있기는 했다. 나는 아빠를 잊었는데 친구들 중엔 내 아빠를 잊어버리지 않은, 기억력이 비상하게 좋은 아이가 있었기 때문이다. 엄마가 분식점을 차린 뒤 보름 정도 지났을까, 내가 친구라고 생각했던 아이 하나가 수업이 끝나기 무섭게 내 앞에 나타나 끈적거리는 더러운 언어로 나를 놀리기 시작했다. 너네 아빠 바람나서 도망갔다면서? 그런 식의 공격은 전혀 예상하지 못했던 터라 나는 아무 말도 못 했다. 다음 날 다시 나타난 그 아이는 이번엔 대상을 엄마로 바꿨다. 너네 엄마 돈이 없어서 애들한테 라면이랑 떡볶이 판다면서?

싸움엔 젬병이었지만 엄마까지 들먹이는 그 아이를 그냥 두고 볼 수는 없었다. 나는 우리 집안의 유일한 남자였으니까. 아빠는 사라졌어도 엄마는 나와 동생 곁에 그대로 남아 있었으니까. 우리는 학교 뒤편 야산을 싸움의 장소로 정했다. 며칠 전까지 우리와 함께 어울렸던 공통의 친구들이 참관인이 되었다. 싸움은 싱거웠다. 이름만 싸움일 뿐이었다. 태권도를 5년 넘게 배웠다는, 운동 신경이 유달리 좋아 4학년이면서도 학교 계주 대표 선수로도 활약하는 그 아이에게 눈과 머리로만 이종 격투기를 익혔던 나는 상대가 되지 않았다. 모든 게 어중간한 내게도 눈치라는 것은 있었기에 싸움에서 이길 거라고는 처음부터 생각도 하지 않았다. 지더라도 악착같은 독기를 보여 줘서 상대방을 질리도록 만드는 게, 이기고도 진 것처럼 느끼게 하는 게 내가 해야 할 몫이었다. 나는 그 아이에게 일방적으로 얻어맞았다. 한 대도 때리지 못하고 처음부터 끝까지 내내 맞기만 했다. 마지막에는 흙바닥에 등을 붙이고 누워 손으로 머리를 감싸곤 그만하라고 외쳤고, 항복의 의미로 눈물까지 훌쩍였다. 싸움이 끝난 후 친구들 중 몇 명이 내게 등을 돌렸다. 서운했지만 패자의 넓은 마음으로 그들을 이해했다. 나는 그들의 기대보다 훨씬 더 무기력했고 부끄럽게도 눈물까지 보였다. 무기력과 눈물의 이단 콤보를 남자가 결코 용납하지 못할 수치로 여기는 진부한 아이들은 어디나 있기 마련이니까. 변명조차 불가능한 졸전에도 두 명의 친구가 떠나지 않고 곁에 남은 것이 그나마 다행이라면 다행이었다. 나는 모자란 나를 견뎌 준 그 아이들을 데리고 분식점에 갔다. 엄마는 내 옷에 묻은 흙과 얼굴에 남은 눈물 자국에 대해서는 아무것도 묻지 않고 떡볶이와 김말이 튀김과 라면으로 우리의 식탁을 채워 주었다. 영혼의 음식을 나누어 먹은 그 둘과 나는 자연스레 삼총사가 되었다. 다른 아이들이 한심하고 웃기는 놈들이라고 비웃어도 상관없었다. 세상에서 제일 강한 게 삼총사니까. 셋이 함께라면 못 견딜 게 없으니까. 문제는 성벽이었다. 조상들이 목숨을 걸고 쌓은 성벽이 우리 셋을 갈라놓았다. 대개의 사건들이 그렇듯 시작은 평범했다. 셋이 즐겨 하던 야구, 라기보다는 캐치볼, 도 시들해져서 야산 한가운데 부러진 나무 위에 앉아서 쉬고 있는데 한 아이(편의상 ㄱ이라 부르겠다. 굳이 이름을 적고 싶진 않으니까.)가 엉덩이를 털고 일어나며 제안했다. 우리 성벽에 올라갈까?

한 명이 제안하면 남은 둘이 따르는 게 삼총사의 규칙이었다. 반쯤 허물어진 성벽은 그렇게 높지도 않았고 성벽 안 언덕에서 볼 수 있는 동네 정경도 제법 괜찮았다. 성벽 밑에 도착하자 ㄱ은 꼴등 하면 꿀밤 맞기다, 하고 외치며 먼저 기어올랐다. 나와 ㄴ(역시 이름도 떠올리고 싶지 않다. 어쩌면 ㄱ보다도 더.)은 반칙이라고 외치며 곧바로 성벽에 매달렸다. 중간쯤 올라갔을까, 갑자기 그림자가 하늘을 날고 비명 소리가 대기를 채웠다. 아래를 보았다. ㄱ이 팔을 잡고 바닥에 누워 있었다. 처음에는 장난으로 여겼다. 일 등을 할 자신이 없으니 뛰어내려서, 평소에도 어처구니없는 사차원 짓을 적지 않게 했기에, 개그맨처럼 엄살을 부리거나 음험한 수작을 꾸미는 거라고 여겼다. ㄴ도 나와 똑같은 생각을 했던 것 같다. 비명 소리를 듣고도 우리 둘 모두 멈추지 않고 끝까지 올라갔던 이유였다. 나는 간발의 차이로 일 등을 놓쳤다. 아쉬워하며 언덕에 마지막 발을 딛자 개다리 춤을 추며 환호성을 지르고 있어야 할 ㄴ이 눈썹을 시옷 자로 만들곤 손으로 아래를 가리켰다. ㄱ은 아직도 팔을 잡고 있었다. 비명은 사라졌으나 고통을 참느라 얼굴을 잔뜩 찌푸리고 있었다. 나와 ㄴ은 성벽 오른쪽 계단을 이용해 아래로 내려갔다. 그 사이 떨어졌던 ㄱ은 혼자서 몸을 일으켰고 우리를 보자마자 왼쪽 팔을 움직일 수 없다며 엉엉 울었다. 나와 ㄴ은 우는 ㄱ을 달래며 동네 병원으로 갔다. 중년의 의사는 왼쪽 팔이 부러졌다고 진단했다. 간호사와 함께 깁스를 대는 사이 나와 ㄴ은 병실 밖으로 나왔다. 가위바위보를 했다. ㄴ은 보자기를, 나는 주먹을 냈다. 승부에서 패한 내가 ㄱ의 집에 전화를 걸었다. ㄱ의 친구임을 밝히고 병원이라는 말을 하자마자 전화가 끊겼다. 잠시 후 도착한 아줌마는 우리 얼굴은 보지도 않고 곧장 진료실로 들어갔다. 한참이 지나도 나오지 않았기에 좀이 쑤셔서 진료실 문을 살짝 열었다. 아줌마가 매서운 눈길로 우리를 노려보았다. ㄱ은 죄인처럼 고개를 숙이고 있었다. 아까도 말씀드렸지만 길게 잡아도 한 달이면 충분합니다, 앞으로 팔을 쓰는 데에도 전혀 문제가 없고요. 설득하듯 말하는 의사의 말에는 어딘지 지친 기색이 있었다. 의사의 말이 끝나기 무섭게 아줌마는 눈물을 터뜨렸고 당황한 우리는 진료실 문을 조용히 닫곤 각자의 집으로 도망치듯 돌아갔다. 그날 밤 엄마가 나를 불러 어떻게 된 일인지 물었다. 내가 말하지도 않았는데 엄마가 알고 있는 게 신기했다. 어떻게 알았느냐고 내 궁금증부터 해소하고 보기엔 엄마의 표정이 무섭고 심각했다. 나는 내가 한 것과 하지 않은 것과 본 것과 들은 것을 사실대로 다 털어놓았다. 엄마가 물었다. 네가 발을 잡는 바람에 떨어졌다는데? 엄마 귀에 튀김 기름이라도 들어갔나 싶었다. 무슨 소리냐며 내가 고개를 젓자 엄마는 또다시 엉뚱한 소리를 했다. 치료비는 우리 집에서 내기로 했다. 내가 왜? 라고 묻자 엄마는 잠시 나를 노려보곤 방으로 들어가 버렸다. 다음 날 삼총사는 자연스럽게 해체되었다. ㄱ과 ㄴ은 내 시선을 외면했다. 부상을 당한 ㄱ이 그러는 이유는 알 것도 같았으나 ㄴ의 행동은 내 상식으로는 도무지 이해가 되지 않았다. 적어도 ㄴ은 내 편에 서야 하는 것 아닐까? 나는 ㄴ을 붙잡고 왜 그러냐고 묻지 않았다. 설령 ㄴ을 설득한다고 해도 별 의미는 없었다. 어차피 둘이선 삼총사 놀이를 못 하니까. 달타냥이 소설 속 인물이듯 올 포 원, 원 포 올(all for one, one for all)은 현실엔 존재하지 않는 꿈같은 규칙이었다. 그날 나는 죽었다. 성벽에서 떨어진 건 ㄱ이었는데 매장당한 건 나였다.

다시 보는 성벽, 그 시절 그 성벽은 아니었지만 이름만으로도 참혹했던 내 과거의 어떤 죽음을 떠올리게 하는 성벽은 다시 보면 고구려의 떼무덤 같았다. 갑자기 웬 떼무덤이냐고 묻는다면 여동생을 언급해야 한다. 나와 동생은 서로 다른 방식으로 아빠의 실종에 대처했다. 나는 어설픈 삼총사 놀이 이후론 게임, 그러고는 소설의 세계에 빠져들었고, 동생은 일찌감치 고고학자가 되겠다는 목표를 정한 뒤 학교와 동네 도서관에서 고고학 관련 책을 죄다 빌려 읽었다. 왜 하필 고고학자냐고 우문을 던지는 내게 동생은 현명하게 답했다. 죽은 사람들은 말을 하지 않거든.

오늘은 죽음의 날입니다

죽은 사람들이 직접 말해 주지 않는 비밀을 탐구하겠다는 야망을 품은 동생은 그중에서도 무덤에 가장 많은 관심을 가졌다. 여중생치고는 여러 모로 기괴한 취미였으나 내 무덤을 파헤치는 게 아닌 이상 내가 관여할 일은 아니었다. 어느 날 동생은 노트북 크기의 사진집 한 권을 펼쳐 들고 내게 와 잔뜩 흥분한 목소리로 외쳤다. 이거 정말 멋지지 않아?

　사진 상태가 최상이었음은 인정해야 할 것 같다. 하지만 사진의 내용이 문제였다. 오빠로서 웬만하면 동의해 주기 위해 아무리 들여다봐도 쌓다가 무너진 돌무더기 이상으로는 도무지 보이지 않았기에 어쩔 수 없이 느낀 바 그대로 말했다. 동생이 팔꿈치로 내 옆구리를 세게 치며 말했다. 무식하긴, 그것도 눈깔이라고 달고 다녀? 돌무더기가 아니라 무덤이야. 고구려 돌무덤. 굉장하지? 중국 집안에는 이런 돌무덤이 2만 개가 넘게 있대. 피라미드처럼 거대한 무덤만도 몇십 개래.

　피라미드 운운한 것은 아무래도 동생의 지나친 과장처럼 보였다. 사진 속 돌무덤 몇몇은 꽤 거대해 보이긴 했어도 피라미드처럼 아름답지도, 정교하지도 않았다. 낙타 타고 피라미드를 보러 가는 관광객이 버스 타고 떼무덤을 보러 가는 사람들의 수백 배, 어쩌면 수천, 수만 배가 넘는 데에는, 떼무덤이 세계 501대 불가사의에도 언급되지 않는 반면 피라미드가 일곱 손가락 안에, 그것도 탑 쓰리 안에 빠지지 않고 드는 데에는 다 이유가 있는 것이다. 나는 아무 말도 하지 않았다. 피라미드와 고구려 돌무덤 모두 내 눈으로 직접 본 적이 없기 때문이었다. 잘 모르는 것에 대해 왈가왈부할 바엔 입을 다무는 게 나았다. 조선 시대 성벽을 보면서 왜 고구려 돌무덤을 떠올렸느냐고 물어본다면 할 말이 없다. 그냥 그랬다는 것뿐이니까. 오후 네 시 반치곤 꽤 어두워진 하늘을 핑계 삼을 수도 있겠고 일고여덟 마리씩 무리지어 나는, 삼족오 닮은 검은 새들을 벌써 여러 번 목격한 것을 이유로 들 수도 있겠다. 일찌감치 어두워진 하늘이 무슨 상관이냐고 따지고 든다면, 새의 다리가 정말 세 개인걸 진짜 보았느냐고 진지하게 묻는다면 역시 나는 할 말이 없다. 어둡긴 해도 네 시 반치곤 그랬다는 것이지 아직 본격적인 밤의 분위기는 아니었고, 새의 다리가 몇 개인지는 눈여겨보지도 않았지만 그냥, 새를 보니 그냥 삼족오가 날아다녔던 고구려의 늦은 오후에 머무는 것 같은 기이한 기분이 들었다는 것뿐이니까. 그냥, 그냥 말이다.

지후는 클라이밍 선수처럼 능숙하고 우아하게 성벽을 올랐다. 야구까지 했던 지후에게 성벽 오르기는 도전 축에도 들지 못하는 시시한 종목이었다. 주미는 집게 잃은 게처럼 불안하게 고개를 돌리며 힘이 제대로 전달되지 않는 엉성한 동작으로

오늘은 죽음의 날입니다

어렵게 성벽을 올랐다. 아마도 주미가 태어나서 처음으로 오르는 성벽일 것이다. 내가 본다고 잘 오를 리는 없겠지만 그래도 눈을 떼면 안 될 것 같아서 계속 주미를 바라보았는데 갑자기 이상한 기분이 들었다. 다리가 땅에서 십 밀리미터 떠오른 것 같았다고나 할까? 꼭 중력이 소실된 것처럼. 나는 아침에 집에서 나왔을 때만 해도 전혀 상상도 못했던 장소에 전혀 생각도 못했던 사람들과 와 있는 것이다. 지후를 만났고, 죽음의 날을 알게 되었고, 주미와 혜연을 만났고, 지후가 주재한, 질문을 많이 해서는 안 되는 일일 투어에 참여했다. 돌다리를 건넜고, 돌계단을 올랐고, 지금은 돌무덤을 닮은 성벽 앞에 서 있다. 그 성벽을 주미가 오르고 있고, 그 주미를 나와 혜연이 지켜보고 있으며, 그 주미를 성가퀴에 앉은 지후가 내려다보고 있다. 학교로 가다 길을 잃고 헤매다가 카프카 소설 첫 장에 실수로 머리를 내민 기분이 들었다. 그러고 보니 카프카도 성이라는 소설을 썼다지, 아직 읽어 보지는 못했지만. 카프카는 까마귀라는 뜻, 까마귀는 다리가 두 개 달린 검은 새이고. 카프카는 왜 소설에 성이라는 제목을 붙였을까? 성이 뜻하는 건 도대체 뭘까? 소설은 어떤 식으로 시작되고 끝이 날까? 그 소설에도 성벽이 등장할까? 괜찮을까?

마지막 질문을 한 건 혜연이었다. 정말 괜찮을까?

주미는 위태로워 보였다. 그래도 몸이 흔들리지 않고 성벽에 단단히 붙어 있는 걸로 보아 당장 하나 남은 집게발을 잃을 것 같지는 않았다. 나는 성벽에 조심스럽게 손을 댔다가 깜짝 놀라 다시 뗐다. 성벽은 축축했다. 겉보기엔 건조해 보였으나 검은 피처럼 끈적거리고 축축했다. 손에 묻은 물질의 정체를 확인하고 싶지는 않았다. 나는 피를 좋아하지 않았다. 시선은 주미 쪽에 둔 채 손을 전봇대에 문지르고는 말했다. 아마도 괜찮지 않을까?

괜찮겠지?

내 생각엔 괜찮을 것 같아.

우리가 결론 없는 도돌이표 문답을 주고받는 사이 주미가 마지막 발을 힘겹게 올려 성가퀴에 도착했다. 혜연이 박수를 치기에 나도 따라서 박수를 쳤다. 박수를 치면서 흘낏 손바닥을 봤다. 깨끗했다. 박수라니, 조금 어처구니가 없었다. 이게 도대체 뭐 하는 짓일까 생각하다 곧바로 마음을 바꿔먹었다. 박수를 받을 만한 일이기는 했다. 일종의 성공이기는 하니까. 작은 성공이라고 무시당해서는 안 되니까. 세계 기록도 중요하지만 개인 기록도 나름의 의미가 있는 법이었다. 그게 휴머니즘이었고 올림픽 정신이었다. 하지만 안심은 일렀다. 아직 등정이 다 끝난 것은 아니었다. 올랐으면 내려와야 하니까. 무사 귀환

해야 등정 기록도 인정되는 법이니까. 불행히도 에베레스트산
을 오를 때보다 정상을 찍고 내려올 때 사고가 더 많이 난다니
까. 나와 혜연은 주미와 지후가 성벽을 타고 내려오는 것을 보
기 위해 암문을 지나 성 안쪽에 들어섰다. 더러운 개 한 마리가
화들짝 놀라 꼬리 감추고 도망간 걸 빼면 특별한 것은 전혀 없
었다. 어디서나 볼 수 있는, 삼 층에서 오 층 사이의 빌라가 키
재기 하듯 줄줄이 붙어 서 있는 답답하고 평범한 거리가 나타
났다. 특별한 무엇을 기대하지 않았기에 실망도 하지 않았다.
지금은 조선 시대가 아니었다. 삼국 시대는 물론 아니었고 고
구려가 떼무덤 제작에 온 힘을 다하던 때는 더더욱 아니었다.
오랜 옛날 성벽 주위에는 곰과 호랑이와 여우와 늑대가 방사
형으로 진을 쳤겠지만 지금은 그저 집 잃고 어슬렁거리는 더
러운 개 한 마리와 굳이 오르지 않아도 되는 성벽을 오르느라
씨름을 벌이고 있는 어리석은 우리들이 전부일 뿐이었다. 우
리의 주재자 지후는 성벽 암문에 세 번째 관문이라는 멋진 이
름을 붙였다. 내 생각에 성 밖과 성 안을 더 이상 구분 짓지도
못하는 성벽은 그저 지나간 시대의 죽은 유물일 뿐이었다. 하
지만 모르는 일이지. 사물에 이름을 붙이는 건 사람이니까. 이
름을 얻은 사물은 때론 무덤에서 다시 부활해 세상에 해로운
성분이 든 고대의 거친 숨을 마구 내쉬니까. 죽기 전까지 꼭

꼭 아껴 두었던 마지막 저력을 한꺼번에 모아서 보여 주니까.

혜연이 성가퀴에 앉아 한숨을 돌리는 주미에게 손을 흔들었다. 주미가 잔뜩 헝클어진 머리를 만지며 빙긋 웃는데 가슴이 덜컥 내려앉았다. 주미가 아래를 보았다. 주미는 인사하듯, 혹은 높이를 확인하듯 손바닥을 쭉 내밀었다. 그 이후 주미가 한 행동을 정확히 본 건 나뿐이라고 확신한다. 지후는 하늘을 쳐다보고 있었고 혜연은 손바닥으로 눈을 비볐다. 주미의 눈이 나와 마주쳤다 싶었다. 주미의 눈이 무언가를 말했다. 내가 해독하기도 전에 주미는 그대로 아래로 뛰어내렸다. 주미의 국방색 군용 점퍼 뒷자락이 바람에 날렸다. 주미의 강하는 깔끔하지 못했다. 주미는 옆으로 길게 뻗은 플라타너스 나뭇가지에 앉다시피 잠깐 머물렀다가 인도의 관목 수풀더미 위로 떨어졌다. 혜연이 주미에게로 달려갔다. 주미는 부러진 관목을 털어 내고 곧바로 일어났다. 엉덩이를 만지며 인상을 찌푸렸으나 곧바로 평온한 얼굴을 되찾았다. 난 괜찮아. 내려오다 살짝 미끄러진 것뿐이야.

주미에게 다가가 눈으로 상태를 살폈다. 믿기지 않게도 정말 괜찮은 것 같았다. 얼굴에 긁힌 자국 몇 개가 난 걸 빼면 다친 곳은 전혀 없어 보였다. 두 팔 모두 자유롭게 움직이는 걸 보니 그 옛날 ㄱ처럼 팔이 부러지지도 않았다. 주미는 멀쩡했

오늘은 죽음의 날입니다

다. 마치 성벽의 보호를 받은 것처럼. 고구려의 후예처럼. 주몽의 넷째 딸처럼. 혜연이 주미의 머리에 묻은 이파리를 털어주며 울먹였다. 정말 다행이네, 정말 다행이야. 하마터면 큰일 날 뻔했어.

주미가 다치지 않았다고 안심할 일은 아니었다. 머리가 복잡했다. 주미는 도대체 왜 성벽에서 뛰어내린 걸까? 다칠 수도 있었는데. 운이 나빴으면 더 큰일을 당할 수도 있었는데. 고개를 들었다. 지후의 시선과 마주쳤다. 지후의 표정에 마음이 그대로 드러났다. 지후 역시 알고 있었다. 주미가 미끄러진 게 아니라 뛰어내린 거란 사실을. 지후의 시선엔 고민도 함께 담겼다. 그냥 내려가는 것과 뛰어내리는 것 사이에서 지후는 좀처럼 결정을 내리지 못했다. 망설임, 그건 지후답지 않았다. 난 지후는 이미 기회를 놓쳤다고 생각했다. 어떤 의미에서든. 난 일의 전모를 도무지 알 수 없었으나 처음 약속대로 지후에게 중요한 건 아무것도 묻지 않기로 했다. 물론 중요하지 않은 것도 묻지 않을 것이다. 주미가 미끄러졌어. 너도 조심해서 내려와.

지후는 내 의견을 밧줄 삼아 빠르게 성벽을 내려왔다. 혜연이 걱정스러운 표정을 지으며 지후에게 물었다. 관문이 아직 많이 남았니? 겉보기엔 괜찮지만 그래도 모르는 일이니까 주미가 너무 무리하지는 않는 게 좋을 것 같아서.

지후는 화가 나 보이는 얼굴로 대답했다. 더 이상의 관문은 없어. 이제는 곧장 어둠의 핵심으로 들어갈 참이니까.

혜연의 얼굴이 붉어졌다. 혜연은 무슨 말인가를 하려다 말고 입술을 깨물곤 주미를 보았다. 주미는 빙긋 웃었다. 지후는 손을 들어 앞을 가리키곤 성벽과 나란히 난 길을 따라 내려갔다. 진지하다 못해 화가 난 지후를, 내가 알던 지후보다 훨씬 더 낯선 지후를 혼자 두고 싶지 않았다. 발걸음을 재촉해 지후의 곁에 섰다. 지후는 나를 의식하지 않았다. 흔들리는 눈동자로 나를 보았는지도 확실치 않았다. 지후는 바닥에 거칠게 침을 뱉곤 혼잣말을 했다. 문혁아, 조금만 기다려라. 무슨 일이 있어도 오늘은 끝을 볼 테니까.

문혁? 처음 듣는 이름이었다. 도대체 누구일까? 생각의 무한 질주를 막은 건 지후의 노래였다.

종이를 찢어 버렸네.
밖엔 달이 더 밝아 보였네.

확실히 어둠은 조금 더 짙어졌다. 달은 여전히 보이지 않았고 지후의 입은 열리지 않았다.

오늘은 죽음의 날입니다

13.

　암문을 지나가는 순간 앞이 캄캄해졌다. 도무지 어찌할 바를 모르겠다는 관용적 표현을 말하는 게 아니다. 실제로 내 눈앞에 무거운 어둠 한 줄기가 암막 커튼처럼 길게 드리웠다. 어둠은 곧바로 죽음을 상기시켰다. 개가 질렀던 단말마의 비명, 내 앞에 누운 흰쥐의 무기력하고 소리 없는 울음, 그러나 강건한 근육의 움직임이 어둠 속에서 섞이고 뭉개져 삐익삑, 날카로우면서도 무거운 소리를 만들었다. 살려 줘, 하고 외치려 입을 벌렸다가 급히 닫았다. 뭉툭한 비명과 숨죽인 울음이 입술에 닿는 느낌이 들었기 때문이다. 겁이 났다. 오백 년 된 암문에 죽은 개, 그리고 실험용 흰쥐와 영원히 동거하고 싶지는 않았다. 서둘러 빠져나가려고 온 힘을 다해 팔을 뻗었다. 어둠의 목을

할퀴고 손을 비틀자 비명과 울음이 김빠지듯 무기력하게 사라
졌고 그와 동시에 커튼이 조금 걷혔다. 간신히 열린 틈 사이로
개가 보였다. 이미 죽은 할머니의 개가, 하얀 등뼈가 노출된 개
가 원망하듯 나를 지켜보았다. 눈을 감았다. 이것은 내가 아는
세상이 아니었다. 나는 왜곡된 죽음의 이미지가 지배하는 어둠
의 미로에 빠진 것이다. 어깨로 어둠을 밀어 힘겹게 암문을 통
과했다. 눈꺼풀에 닿은 희미한 빛을 느끼고서야 다시 눈을 떴
다. 다른 날보다 조금 어두운 저녁이었고 개는 없었다. 어둠이
후퇴하고 개가 소멸한 자리를 할머니의 말이 채웠다. 매정한
년. 혈육도 버릴 년. 한심한 애비를 닮은 년. 종간나 새끼. 함경
도 단천이라는 험지에서 나고 자랐다는 할머니의 목소리는 원
래도 우렁찼으나 욕을 할 땐 더 거칠고 날카로웠다. 몸과 마음
이 사정없이 흔들리는 와중에도 주미가 들을까 봐 겁이 났다.
나의 비밀. 우리 집의 비밀. 내 피에 흐르는 저열한 본성을 알
아챈 주미가 날 외면하고 매정하게 등을 돌릴까 봐 무서웠다.
잘못 넣은 안약처럼 눈물이 주르르 흘렀다. 서둘러 눈을 훔쳤
다. 주미의 목소리가 머릿속에 물결처럼 퍼졌다. 괜찮을 거야.
그럼 이제 뛰어내릴게.

머릿속이 진득한 피로 흠뻑 젖는 감각에 놀라서 눈을 떴다.
주미는 이미 추락하고 있었다. 나무와 덤불이, 군용 점퍼가 주

오늘은 죽음의 날입니다

미를 살렸다. 군용 점퍼 끝자락이 나뭇가지를 붙잡았다. 이단 평행봉 하듯 나뭇가지에 걸쳤으나 덤불 착지에는 실패한 주미는 곧바로 일어나서는 괜찮다고 말하며 빙긋 웃었다. 주미가 뛰어내린 걸 본 사람은 나뿐이었다. 너무 화가 났다. 내 인생에서 가장 치명적인 욕이 되어 버린 매정한 년, 종간나라는 말이 혀끝까지 나왔다. 단어를 서둘러 삼킨 나는 주미의 무너진 그늘을, 주미가 느꼈을 혼란을 내 좁은 머리로 이해하려 애쓰며 다가갔다. 주미의 머리에 묻은 아직 살아 있는 이파리를 털어 주며 물었다. 정말 이 여행을 계속해도 되는 걸까?

주미는 당연하다는 듯 결연히 고개를 끄덕였다. 추락에서 살아남은 덕분일까, 주미의 얼굴은 차라리 평온해 보였다. 그 얼굴 앞에서 너를, 너의 아름답고 완벽한 그늘을 잃을까 봐 두려워, 라고는 차마 말하지 못했다. 대신 성벽을 보았다. 살아 있으며 냉소를 머금은 성벽이 오백 년 전 어느 중국 시인이 썼다는 편지의 구절을 자랑스럽게 읊었다. 무슨 주먹만 한 바위가 이렇게 돌올한지! 저는 이미 그 아름다움을 실컷 보았습니다. 아름답지도 않은 성벽이, 주미를 떨어뜨리는 데 일조했을 성벽이 내가 읽고 가슴에 담아 두었던 시를 이용해 나를 비웃었다. 주미가 내 손을 꽉 잡았다. 나는 성벽에서 눈을 돌리고 주미의 손을 오래 쳐다보았다.

우리는 아무 일도 없었던 사람들처럼 다시 여행객이 되었다. 성벽 오른쪽 길로 들어선 지후는 우리를 낮은 오르막길과 내리막길이 교대로 이어지는 15분짜리 코스로 인도했다. 길 끝에서 우리를 맞이한 것은 학교였다. 성현중고등학교. 어둠의 핵심으로 지목하기엔 교문, 교사, 운동장까지 모든 게 평범해 보이는, 주변 어디서나 흔히 볼 수 있는 교과서적인 형태의 중고등학교였다. 여고를 다녔던 내게 유일하게 새로워 보이는 건 운동장 한 편에 펜스가 설치되어 있다는 것, 야구 유니폼을 입은 한 무리의 남학생들이 생기 없는 처진 저음으로 하나, 둘, 하나, 둘을 외치며 운동장을 줄지어 달리고 있는 것뿐이었다. 목소리만 들으면 그들은 자발적으로 야구를 택한 선수들이라기보다는 강제로 징집된 훈련병들이었다. 교문 위에 달린 감시 카메라를 피하듯 고개를 살짝 숙이고 통과한 지후는 운동장이 한눈에 보이는 평범한 계단 앞에서 갑자기 걸음을 멈췄다. 벼랑에라도 선 것처럼 놀라서 급히 한 걸음 뒤로 물러난 그의 시선은 운동장을 달리는 야구 선수들에게 가 있었다. 그의 표정을 읽기는 어려웠다. 지후는 그들을 두려워하는 것처럼 보이기도 했고, 그들을 경멸하거나 증오하는 것처럼 보이기도 했다. 김지훈이, 너 맞지?

40대 중후반의 남자가 갑자기 무대에 뛰어들어 지후에게 말을 거는 바람에 깜짝 놀랐다. 남자는 학교 이름이 새겨진 검정색 점퍼 안에 야구 유니폼을 제대로 갖춰 입었다. 야구 마니아일 가능성보다는 감독이나 코치라고 생각하는 게 현실적이겠다. 지켜보기에 거북할 정도로 배가 많이 나온, 점퍼의 지퍼를 잠그지도 않은 남자는 작은 눈이 보이지 않을 정도로 활짝 웃었다. 크고 두꺼운 손으로 지후의 손을 잡고 흔들어 대며 등까지 툭툭 두드렸다. 성현중학교 4번 타자 김지훈이, 하나도 안 변했구나. 그러니깐 지금… 고3, 아니 고2지?

네, 감독님.

지후가 감추고 싶어 했던 비밀은 시나리오에 적어 놓지 않았던 인물과의 갑작스런 만남에서 맥없이 민낯을 드러냈다. 놀랄 만한 비밀은 아니었다. 듣고 보니 그의 이력은, 나이는 당연해 보였다. 주미를 보았다. 어느새 그늘을 완전히 복구한 주미의 표정엔 이렇다 할 변화가 없었다. 아마 주미는 처음부터 알고 있었겠지. 내게 귀띔조차 하지 않았던 건 그럴 필요가 없었기 때문이겠지. 주연이 아닌 조연은 자신의 역할에만 충실하면 그만이니까. 나는 가벼운 배반감을 느꼈으나 속으로 주미의 이름을 세 번 부르곤 야구 감독의 위세에 대해 생각했다. 꾹꾹 눌러 썼던 지후의 가면을 단번에 휙 벗겨 내다니, 야구 감독은 아무나 하는 게 아니었다. 어쩌면 야구 감독에게 가장 필요한 능력은 선수들의 심리를 단번에 장악하는 것인지도 몰랐다. 그렇다면 이렇게 말할 수도 있겠다. 야구 감독은 심리학자라고. 필드의 배 나온 심리학자에게 준비도 없이 민낯을 노출하고 만 지후는 어색하고 혼란스러워 보였다. 손을 이마에 댔다 뗐다 하며 급습을 당한 당혹감과 자괴감을 제대로 감추지도 못했다. 그러느라 소년의 맨얼굴 또한 여과 없이 드러났다. 내가 다 안타까워졌다. 괜찮아, 라고 등을 토닥이며 위로해 주고 싶었다. 비밀이 없는 사람은 없거든. 비밀을 제대로 감출 수 있는 사람도 없거든. 돌발 상황은 연극의 일부분이야. 당황하지 말고 준비한 연기에 집중하도록 해. 물론 나는 아무 말도 하지 않았다.

김지훈이 너, 아직도 야구 안 하냐?

네.

영원히 안 할 거냐?

네.

눈이 작아 선량해 보이는, 미간은 또 좁아서 시야가 유난히 좁아 보이는 감독은 영원, 영원을 반복해 말하며 잠깐 눈을 감았다 떴다. 영원은 신성한 거야. 그런 다짐은 함부로 하는 게 아니다.

아, 네.

나는 이렇게 생각해 본다. 아무리 네 인생은 네 마음대로라지만 그래서는 안 되는 것 같다. 그건 우리 김지훈이가 하늘로부터 부여받은 출중한 재능을 그냥 썩히는 거니깐. 우주의 섭리를 배반하는 거니깐. 내 말 알아들었어?

네.

물론 너도 힘들었겠지. 나도 안다. 그냥 넘길 수는 없는 일이었지. 하지만 사내 녀석이 그 일 하나 가지고…

감독님.

잠시 하늘을 보며 성호를 그었던 감독의 화살이 방향을 바꿔 우리에게 날아왔다. 너흰 김지훈이 친구들이냐?

주미도 민호도 대답할 생각은 없어 보였다. 주미는 조금 놀란 표정이었고, 민호는 화가 잔뜩 난 얼굴이었다. 내가 대답했다. 답을 듣지 않으면 영원히 물러나지 않을 기세여서 앞뒤 설명 필요 없는 제일 간략한 답변을 택했다. 네.

부탁 하나 하마. 너희들이 진짜 친구들이라면 김지훈이 이놈 설득해서 다시 야구 하라고 해. 내 말 알아들었어?

감독님.

나도 모르게 피식 웃고 말았다. 감독의 진지한 열변도 말리려는 지후의 말과 행동도 어쩐지 코미디 같았다. 열심히 준비했음에도 박자가 약간씩 어긋나 보는 이를 난처하게 만드는. 하늘과 신성을 믿는 감독에게 악의는 없어 보였다. 센스로 충

만한 유형은 결코 아닌 감독은 자신이 지후의 비밀을 허락도 없이 꺼내 잘 들지도 않는 칼로 마구 난도질하고 있다는 사실은 꿈에도 모를 테니.

김지훈이, 나는 아직도 너희 부모님 결정을 이해 못 하겠다. 야구 시키느라 들인 돈이 얼마인데 그만두겠다는 네 말 한마디에 뒤도 돌아보지 않고 동의하시다니. 그런 학부모는 내가 처음 봤다. 내가 이상한 거냐, 너희 부모님이 이상하신 거냐?

감독님, 아이들이 찾아요.

아, 그래.

감독은 운동장으로 내려가려는 동작을 취하려다 말고 다시 지후를 보았다. 감독은 지후 얼굴을 똑바로 보며 성호를 긋고는 잠깐 망설이다 입을 열었다. 내가 일을 처리한 방식에 대해 네가 불만을 갖고 있는 건 안다. 하지만 난 아직도 그놈 생각을 한다. 내가 조금만 더 섬세하게 신경을 썼더라면…

감독님. 아이들요.

그놈이 힘들어하는 건 알고 있었어. 아무래도 다른 애들에 비해 능력이 떨어졌으니까. 그런 면에서 야구란 참 잔인하지. 노력만 하면 다 되는 것처럼 말하는데 세상은…

감독님, 아이들이 기다려요.

그래, 알았다, 가 봐야겠지. 세상에 대해 아무것도 모르는

오늘은 죽음의 날입니다

재들은 내 책임이니까. 그래도 김지훈이 네놈 얼굴을 보니…

감독의 작은 눈에 눈물이 살짝 비친 순간 지후가 말했다.

감독님. 제발 아이들한테 가시라고요, 제발. 제 말 못 알아 듣겠어요?

감독은 성호를 그으려다 말고는 지후의 손을 꽉 잡고 흔들었다. 알았다, 알았어. 더 길게 이야기해서는 안 되겠지. 변명은 하지 않겠다. 그놈 일에 있어선 결국… 나도 죄인이니까. 그래, 나도 그 정도는 안다… 하지만 김지훈이, 너라도 방황 그만하고 야구 다시 해. 넌 잘못한 게 없어. 네가 짊어지고 갈 이유가 없다는 뜻이야. 넌 야구를 해야 돼. 주위에 야구부가 없으면 여기로 다시 와도 좋아. 내가 김지훈이 너 하나는 무슨 수를 써서라도 받아 줄 테니까. 난 너를… 인정해. 교장이고 이사장이고 간에 뭐라 그러기만 하면…

가라고, 이 새끼야.

목소리의 주인은 민호였다. 귀머거리가 아니곤 못 들을 수 없었기에 감독의 시선은 민호에게로 향했다. 민호가 앞으로 나서려는 걸 지후가 팔꿈치로 막고 공손히 인사를 건넸다. 알았들었으니 그만 가세요. 제 입에서 욕 나오는 거 듣고 싶지는 않으시죠?

감독은 민호를 노려보며 천천히 성호를 그은 후 지후의 등을 살짝 치곤 운동장으로 내려갔다. 감독이 사라지자 민호는 시멘트 바닥을 발로 걷어찼다. 작은 파편들이 우주선처럼 날아올랐다 가라앉았다. 지후가 민호의 가슴을 툭 치며 흐흐 웃었다. 하여간 정말 이상한 놈이야. 왜 네가 화를 내고 지랄이야?

지랄해서 미안하다. 그러는 너는 왜 가만히 있었어?

가만히 있지 않았어. 한마디만 더하면 평생 잊지 못할 기억을 선물해 주려고 멋진 주먹 한 방을 준비하고 있었지.

그러니까 여기가 문혁이가 야구를 했던 곳이구나.

주미였다. 허를 찔려 당황하는 지후의 맨얼굴이 눈에 들어왔다. 주미가 빙긋 웃으며 말을 이었다. 문혁이가 야구 선수였는지도 몰랐어.

아니었어.

뭐라고?

너랑 만날 때 걘 이미 야구 선수가 아니었어. 그 전에 야구를 그만뒀으니까.

네가 바로 훈이지? 이제 비밀 한 가지가 풀렸네. 문혁이가 이야기하던…

그만! 본론에서 벗어난 이야기들은 이제 그만.

지후가 목소리를 높였다. 화가 났다기보다는 울음을 억지로 참고 있는 얼굴. 지후는 타임이라도 요청하듯 손을 들고 고개를 잠깐 숙였다가 다시 들었다. 타임은 효과가 있었다. 지후의 얼굴에선 울음의 기운이 완벽하게 사라졌다. 예상치 못했던 사태에 잠깐 본분을 망각하고 흥분한 점은 사과하도록 하지. 자자, 별일은 아니니 앞으로 전진하자고. 오늘 우리가 이 쓰레기 같은 학교에 온 건 과거를 회상하기 위해서가 아니라 미래를 회수하기 위해서야.

지후는 모든 게 명쾌한 것처럼 쉽사리 결론을 지었지만 사실은 정반대였다. 알고 보니 지후야말로 온통 어두운 암문이었다. 열면 열수록 문은 열리기는커녕 굳게 닫혔다. 성벽에도 오르지 않은 내가 지후의 암문 같은 마음을 읽는 건 불가능에 가까웠다. 문혁은 누구고 훈이는 또 뭘까? 머릿속이 온갖 궁금증으로 복작거리다 더 견디지 못하고 체증을 일으켰다. 수신호로 생각들을 좌우로 보내고 앞뒤로 정리하며 결론을 내렸다. 분명한 건 단 한 가지, 아무리 궁금해도 내가 먼저 물어서는 안 된다는 것. 중요하건 그렇지 않건 어차피 이건 주미와 지후의 일, 민호와 나는 증인이자 참관인, 그러니 결국은 지후와 주미가 해결하도록 지켜보아야 하는 것. 내가 할 일은 질문하는 게 아니라 무슨 일이 있어도 주미 곁을 떠나지 않으며 일어난 일들을 머릿속으로 기록하는 것, 오직 그것뿐이었다. 주미가 내게 아무것도 묻지 않고 머물러 줬던 것처럼. 그늘을 제공하고 함께 소나기를 견뎠던 것처럼. 쥐를 꿰매고 미래를 선물해 주었던 것처럼. 그것이 이 여행의 말해지지 않은 규칙이었다. 주먹을 살짝 쥐고 결의를 다졌다. 오늘 나는 주미의 증인이자 참관인이자 수호자다.

14.

야구 감독은 담임을 떠올리게 만들었다. 외모도, 태도도, 성격도 달랐지만 내 머릿속에서 둘은 쌍둥이였다. 학기 초에 있었던 처음이자 유일한 면담에서 선생은 내 학생기록부를 뒤적거리며 난감한 표정을 지었다. 참 고르게, 잘하는 게 없구나. 모든 게 다 마지노선에 걸쳐 있으니 도대체 답이 없네, 답이 없어. 마지노선이 뭔지는 아냐?

나는 레마르크를 떠올렸으나 적절한 답은 아니라는 생각이 떠올랐고, 설사 적절한 답일지라도 하지 않는 게 더 좋다는 생각이 떠올랐고, 그래서 아무 말도 하지 않았다. 담임은 코를 찡 그리곤 희망하는 학교나 과가 있느냐고 물었고 나는 이번에도 말없이 고개만 저었다. 망상하는 대학의 이름이나 국문과 이야기는 처음부터 꺼낼 생각조차 하지 않았다. 하긴, 우리 학교의 수준으로 볼 때 지금 네 성적으로 괜찮은 학교에 가기는… 그래, 우리가 지금 희망 사항을 따질 때는 아니지. 미안하다. 내가 실수했네. 괜히 바람을 불어넣었네. 잘못 물어봤네.

담임은 집은 좀 살 만하냐고 물었고 나는 역시 고개만 저었다. 내 얼굴을 빤히 바라보는 담임에게 나는 어머니가 분식점을 하고 있다는 사실, 부모님은 어렸을 때 이혼을 해서 아버지는, 집을 나갔다느니 사라졌다느니 하는 애매모호한 말로 괜한 호기심을 자극하고 싶지는 않았으므로, 안 계시다는 말까지 줄줄 내뱉었다. 담임에게 내 사정을 알아 달라고 손을 내미는 게 아니라 별 관심도 없으면서 이것저것 자꾸 캐묻는 게 귀찮아서였다. 담임은 손바닥으로 책상을 탁 치며 말했다. 우리 학교에 취업반 있다는 거 알지? 지금 네 성적으로 서울에서 아프리카만큼 멀리 떨어진 대학은 어찌어찌 갈 수도 있겠지만 막말로 큰 의미는 없지. 그런 학교 나오면 그 다음엔 또 뭘 어쩌겠니? 나이로비 동물원에 취직해서 코끼리라도 돌볼래? 가나에서 초콜릿 장사라도 해 볼래? 낭만적인 상상이지만 네 영어 실력으로는 그것도 불가능하겠지. 그러니 취업, 매서운 현실에 제대로 첫발을 디딜 수 있는 착하고 소박한 기술 보유에 대해 한번쯤 진지하게 고려해 보는 것도 나쁘진 않겠지. 요즈음 취업률

오늘은 죽음의 날입니다

이 꽤 괜찮거든. 뭐 강제는 아니고 그냥 생각해 보라는 거야.

내가 아무 말도 하지 않자 담임은 고개를 끄덕거렸다. 얼굴 확 구겨진 거 봐라, 자존심은 있다 이거구나. 인문계 고등학교에 왔으니 곧 죽어도 대학은 가고 싶다 이거구나. 나쁜 놈 같으니. 그럼 공부를 해야지, 죽어라 공부를 해야지. 대학생은 거저 되는 줄 아냐, 놀고먹으면 자동으로 들어가는 줄 아냐? 도둑놈이 뭔 줄 아냐? 공짜를 바라는 놈, 제 것 아닌 것을 갖고 싶어 안달하는 놈이다. 미안, 미안. 잠깐 흥분했네. 욕해서 정말 미안하다만, 자기변호를 하자면 비록 성인군자는 아니어도 난 인격이라는 게 갖춰져 있는 사람이다. 자, 내 말은 이거야, 내 제자가 한 놈이라도 더 제대로 된 대학에 가기를 나는 바라고 또 바란다. 밤이면 물 떠 놓고 기도까지 한다. 자, 그러려면 너도 뭔가를 해야지. 노력을 해야지, 공부를 해야지. 남들 다 자는 오밤중에도 눈을 부릅뜨고 노력하고 공부해서, 사람들이 이름이라도 한번 들어 본 대학 같은 대학에 떡하니 붙어서, 네 잘난 자존심이 죽지 않고 살아 있다는 걸 세상에 보여 주란 말이다, 이 한심하고 멍청하고 게으르고 무책임한 좀 같은 새끼야.

내가 아무 말도 하지 않자 담임은 고개를 젓곤 제일 친한 친구는 누구냐고 물었다. 내가 주저도 하지 않고 없다고 하자 담임은 허공을 향해 한숨을 내쉬었다. 15년 동안 선생질 하면서 얻은 교훈이 뭔지 아냐? 너 같은 놈들이 제일 위험해. 말도 없고 행동도 얌전해서 뭐 괜찮은 놈인가 보다, 조용히 지내다 때되면 알아서 내 눈앞에서 사라지겠지 하고 마음을 탁 놓는데 어느 날 갑자기 사고를 친단 말이지. 그것도 아주 크게, 제대로, 빵.

빵이라니, 선생의 말이 싱거운 코미디 같아서 나도 모르게 웃고 말았다. 웃긴다 이거지? 말 같지도 않다 이거지? 그래, 웃어라, 웃어. 웃을 수 있을 때 웃어야지. 나중엔 웃고 싶어도 못 웃을 테니. 알았다. 너 같은 주제 모르는 새끼에게 더 말해 봐야 시간 낭비일 테니 그만 나가라. 오늘 내가 한 말 잘 생각해 보고. 부탁이니 제발 사고는 치지 말고. 오늘도 조용히, 내일도 조용히, 모레도 조용히. 학교 졸업할 때까지 조용히, 조용히. 야심한 밤에 성모 마리아에게 기도하듯 경건하고 조용히. 알겠니?

자신을 야구 감독과 같은 집단으로 분류한 걸 알면 담임은 기분 나빠 할지도 모르겠다. 솔직히 말해 담임은 세련이라는 척도에 있어선 감독보다 몇 수 위였다. 쳐들고 있는 턱이 밉살스럽기는 했지만 때론 깐깐한 척, 무관심한 척하면서도 아이들의 기분을 감안해 늦췄다 조였다 할 줄 아는 센스, 학교에 대한 비판도 때에 따라선 서슴없이 내뱉는 날카로운 시류 감각도 갖고 있었다. 모르긴 몰라도 주위 사람들로부터 괜찮은 인간 소리를 제법 많이 듣는 그런 종류의 사람일 것이다. 나는 담임이 싫었다. 전후 사정도 살피지 않고 무조건 회초리를 휘둘러 스티븐 디덜러스가 몹시 증오했던 학감 신부보다 훨씬 더 싫었다. 게으름 피우는 꼴은 눈 뜨고 못 보겠으니 공부하고 또 공부하라고 소리를 질러 댔던 학감 신부보다 능글맞은 얼굴로 자존심, 노력 따위를 언급하는 담임이 나는 훨씬 더 싫었다. 좋은 인간일지는 몰라도 좋은 선생은 아니었다. 담임은 인격을 말했지만 실제로 그는 나를 한 명의 완전한 인격체로 대하지 않았다. 나는 그의 학생이되, 학생이 아니었다. 나는 살아 숨 쉬는 인간이었으나 그에게 나는 보이지 않는 바퀴벌레나 다름없었다. 아니면 교실에 조용히 앉아 있다가 시간이 되면 알아서 슬며시 퇴장하는 무급 엑스트라 같은 그런 존재. 이제 나는 확실히 알았다. 15년 경력의 담임은 교실을 한 번 훑어본 후 내가 없다는 사실을 금세 알았을 것이다. 하지만 담임은 엄마에게 전화를 하지는 않았을 것이다. 엄마는 아들이 학교에 가지 않은 것도 모른 채 여느 날처럼 김밥을 말고 김말이를 튀기고 라면을 끓였을 것이다. 보관함에 넣어 둔 핸드폰은 한 번도 울리지 않았을 것이다.

늘 당당했던 지후가, 지후가 아닌 지훈이라도 달라질 것은

없다, 야구 감독에게 제대로 대꾸도 못 하는 게 싫었다. 동정하
듯 애걸하듯 이 소리 저 소리 마음대로 해 가며 지랄을 떠는데
도 지후는 나처럼 조용히, 조용히 당하고만 있었다. 물론 나도
알았다, 지후의 관심이 야구 감독 따위에게 있지 않다는 것을.
오늘도 조용히, 내일도 조용히가 실은 감독 같은 센스 부족한
유형의 인간을 떼어 놓는 최선의 방법이라는 것을. 하지만 내
게 지후는 유리창을 부수고 햇살의 아름다움을 선물한 영웅이
었다. 조용히 참고 견디는 것 말고 다른 수단도 있음을 알려 준
선각자였다. 그 무엇보다도 내게 지후는 친구라고 부를 만한
유일한 존재였다. 삼총사 해체 이후 처음으로 내게 관심을 보
인 존재였다. 도무지 뭐라 이름 붙이기도 어렵고 질문도 불가
능하며 앞으로의 전개에 대한 예상도 어려운 이 기묘한 여행
에 동참한 건 지후가 원했기 때문이었다. 감독에게 욕을 퍼부
은 건 그래서였다. 내가 아는 지후를 지키기 위해. 내가 할 수
있는, 내가 믿고 있는 최선.

지후가 다시 주재자의 위치에 서서 교사 뒤편으로 우리를
이끄는 동안 혜연이 슬며시 다가와 말을 걸었다. 이제 알겠네.
지후는 지훈이었구나. 미스터리치곤 왠지 좀 어처구니없고 싱
겁네. 넌 알았었니?

아니, 나도 몰랐어.

친구 아니니?

잘 알진 못해.

친군데 잘 모른다?

그래. 우린 잘 모르는 친구야.

너네 고등학생이지?

그 점에 대해선 미안하게 됐어. 속일 생각은 아니었어. 무릎 꿇을까?

회초리도 맞을래?

그래서 기분이 풀린다면.

됐어. 고등학생이 뭐 범죄자도 아니니까. 중2면 또 몰라도.

할 말이 없어 머리를 긁는데 혜연이 엉뚱한 말을 꺼냈다. 나쓰메 소세키는 고양이보다 개를 더 좋아했대. 아끼던 개가 죽었을 때는 추모 시까지 지어 주었대.

시가 아니라 하이쿠.

뭐라고?

시라고 해도 되지만 정확히 말하면 하이쿠야.

알았어, 하이쿠. 은근히 까다롭긴. 그런데 혹시 개의 이름은 알아?

헥토르.

트로이 전쟁의 그 헥토르지?

응, 헥토르는 수호자란 뜻이지.

혜연은 히야, 하고 한숨도 감탄사도 아닌 이상한 언어를 내뱉고는 말했다. 할머니 개를 목 졸라 죽여서 쓰레기통에 버렸어. 나중에야 그 사실은 안 할머니는 나를 매정한 년, 종간나 새끼라고 욕했지. 할머니가 아는 가장 심한 욕들. 함경도에선 종간나 새끼란 말을 들으면 곧바로 달려들어 싸움을 한대. 남자건, 여자건, 아이건, 어른이건. 그런데 나는 말대꾸도 못했어. 서울에서 태어났기 때문인가 봐.

나야말로 뭐라 대꾸해야 할지 몰라 이번엔 이마를 긁었다. 혜연이 귓속말을 했다. 지후는 네가 지켜 줘야 해. 트로이가 무너지기 전에.

귀가 뜨거워졌다, 한증막에 들어갔을 때처럼. 혜연의 입김이 사라지기도 전에 지후의 목소리가 들렸다. 다 왔어. 여기이 나무 밑이야.

교사 뒤편에는 나무와 의자가 조화라는 단어를 비웃듯 제멋대로 자리한 소공원이 있었고 무질서한 소공원의 중심엔 위보다 좌우가 더 넓어 몹시 비관적으로 지루해 보이는 소나무가 한 그루 있었다. 지후가 가리키는 나무는 바로 그 소나무였다. 소나무 뒤로는 우리가 지나왔던 성벽의 일부가 빌라들 사이로 보였다. 지후가 자기 손바닥만 한 돌을 찾아 들더니 곧바로 땅

오늘은 죽음의 날입니다

을 파기 시작했다. 혜연의 목소리가 머리에 울려 퍼졌다. 지후는 네가 지켜 줘야 해. 혜연의 당부는 옳았다. 오늘의 지후에겐 헥토르가 필요했다. 어쩌면 지후라는 트로이는 역사와는 달리 무너지지 않을지도 모른다. 헥토르만 제 역할을 한다면. 나도 돌을 찾아 땅을 팠다. 지후가 손을 흔들며 주의를 줬다. 살살, 살살. 조심스럽게 파야 해.

나는 고개를 끄덕였다. 지후 뒤편으로 검은 고양이 한 마리가 무심한 표정을 지으며 지나갔다. 살짝 손을 흔들자 고양이는 잠시 나를 노려보곤 운동장 쪽으로 사라졌다.

동생이 고고학자를 원하는 이유를 아주 조금은 알 것 같았다. 정확히 구분해 말할 필요는 있겠다. 우리가 파는 건 무덤이 아니었고 주위엔 돌무더기도 없었으니까. 그러나 해가 지고 있는 시각 교사 뒤편, 가로등도 없는 어둑한 소공원에서 돌을 들고 땅을 파다니, 범죄라도 저지르듯 조심스럽게 살살 파고 있다니 흔히 경험할 수 있는 일은 아니었다. 조금 전 만났던 야구 감독이 금방이라도 배를 흔들며 나타나 이놈들, 이 신성한 곳에서 뭐 하는 거냐, 여긴 내 기도처야, 하고 요란한 소리를 내지를 것 같았다. 그러나 내 첫 번째 발굴 작업은 미묘함과 긴장감을 제대로 즐기기도 전에 끝났다. 머릿속 걱정이 채 사라지기도 전에 싱겁게 막을 내렸다. 보물을 파낸 건 머릿속에 이미 지도를 갖고 있었던 지후였다. 지후는 그리 깊이 묻어 두지는 않았던 양철 상자를 꺼내 들어 흙과 먼지를 털었다. 양철 상자엔 검은 머스탱 자동차 사진이 있었고, 사진 밑엔 ○○○ 잡지 2백 호 기념 선물이라고 적혀 있었다. 상자를 바라보는 지후의 얼굴엔 표정이 없었다. 어쩌면 지금 지후는 지훈인지도 몰랐다. 내가 모르는. 알 수도 없는, 실은 관심도 없으며 알고 싶지도 않은. 지후는 통나무 반쪽을 자른 모양의 등받이 없는 조악한 인공 의자에 상자를 놓고는 주미에게 우선권을 넘겼다. 열어 볼래?

주미가 고개를 젓자 지후는 물어본 건 그저 인사치레였다는 듯 망설임 없이 곧바로 상자를 열었다. 제일 먼저 나타난 건 뭉친 신문지였다. 신문지를 꺼내자 공기가 들어 있는 완충 비닐로 싼 야구 유니폼이 보였다. 지후는 조심스럽게 비닐을 걷어 내고 유니폼을 꺼내 바닥에 펼쳤다. 유니폼은 상의만 있었다. 무척이나 눈에 익은 줄무늬 유니폼, 티브이에서 자주 봤던 어느 프로 구단의 유니폼이었다. 47번이라는 번호가 박힌 유니폼엔 서문혁이라는 이름이 박혀 있었다. 지후가 어리둥절한 표정을 지었다. 지후는 상자를 살폈다. 비닐도 다시 한 번 보고, 그의 손가락에 눌려서 나는 뽁뽁 소리가 생각보다 커서 모두들 잠깐 놀랐고, 뭉친 신문지도 한 장 한 장 펼쳐보았다. 지후

오늘은 죽음의 날입니다

가 찾는 게 무엇인지는 알 수 없었으나 그것이 없다는 사실만큼은 분명했다. 땅을 더 파 볼까?

지후가 무표정한 얼굴로 고개를 저었다. 됐어. 어쩌면 이게 더 나을 수도 있겠어. 지후는 서문혁의 유니폼을 두 손으로 펼쳐 들었다. 자 내 옛 친구를 모두에게 소개하지. 초등학교 4학년 때부터 중학교 3학년 1학기 때까지 야구 놀이에 온 정성을 다 바쳤던 혁이, 아니 문혁이… 서문혁을 여러분에게 소개합니다.

박수는 없었다. 물론 환호성도 없었다. 다행히 눈물은 안 나네. 촌티 나게 펑펑 울면 어쩌나 속으로 걱정도 많이 했었는데 말이지. 내 생각보단 나는 훨씬 더 강하고 무딘 인간이었나 봐. 왜 서문혁 본인이 아닌 유니폼만 소개하는지 의아하게 여길 사람들도 이중에 두 명은 있겠지. 다들 머리란 게 있으니 이 정보 저 정보 주워들은 지금쯤은 어렴풋이 짐작했겠지만 서문혁은 지금 없어. 사라졌어. 2년 전 오늘 죽음의 날에, 해가 지고 새들과 지렁이와 달팽이도 줄을 맞춰 집으로 돌아가는 시간에. 여기까지 들었으니 멀쩡했던 사람이 도대체 어떻게 사라졌냐고 묻고 싶은 마음이 굴뚝같겠지. 간단해. 너무 간단해서 아이스크림 내기 퀴즈 감도 못 돼. 나와 주미가 죽였지. 내가 목에 칼을 찔러 넣었고 주미가 심장에 못을 박았지. 아니, 순서가 반대였던가? 아무튼, 우리는 녀석을 죽인 뒤 함께 강에 던져 버렸지. 내 말이 맞지, 주미?

주미가 웃었다. 빙긋 웃는 주미의 눈엔 눈물이 맺혔다. 주미는 눈물을 닦지도 않았고 웃음을 거두지도 않았다. 주미가 울고 웃으며 말했다. 부인하지는 않겠어.

심문도 하지 않았는데 주미는 곧바로 범죄 사실을 인정했다. 물론 그렇다고 주미가 실제로 서문혁의 심장에 못을 박았으리라 믿는 사람은 없을 것이다. 목의 칼, 심장의 못은 비유일 테니까. 나는 지후도 비유를 쓸 줄 아는구나, 하고 속으로 중얼거렸다. 대견하다는 생각은 전혀 들지 않았다. 자 이제 마지막 장소로 갈 시간이 되었어. 궁금해할까 봐 우리가 갈 곳의 이름을 미리 말해 주지. 이름 하나만큼은 끝내주지. 너무 끝내줘서 뜨거운 이름을 강물 삼아 몸을 푹 담그고 싶을 정도야. 바로 지옥이야, 지옥. 살아 있는 지옥.

지후가 앞장섰고 내가 맨 뒤에 섰다. 발걸음을 떼자마자 돌이 구르는 소리가 들렸다. 빌라 틈 사이로 우리를 지켜보던 성벽 일부가 더 견디기를 포기한 채 무너져 내리고 있었다. 오백 년, 아니 천오백 년 동안 죽음을 돌 속 깊이 간직하고 있었던 오래된 성벽은 부지런하고 견실한 물결처럼 소리 없이, 쉼 없이, 조금씩, 무너져 내려서 후미에 선 나 말고는 아무도 눈

오늘은 죽음의 날입니다

치채지 못했다. 여리고, 천지보다 낡은 여리고의 성벽이 드디어 무너지네.

사라졌던 검은 고양이가 나타나 날카로운 발톱으로 내 머리를 찍어 누르곤 성벽 쪽으로 뛰어올랐다. 손을 들어 머리를 만졌다. 진득한 피가 느껴졌다. 피 묻은 손가락을 입에 넣고 쭉 빨았다. 시큼했다. 나는 발에 걸린 돌멩이 하나를 들어 성벽 쪽으로 위무하듯 던진 후 지후의 뒤를 따랐다.

15.

이 집을 드나들던 시절 내 이름은 지훈이었어. 2년 전 봄까지만 해도 김지훈은 이 집에서 아예 살다시피 했지. 잠도 여기서 잤고, 밥도 여기서 먹었고, 연습도 여기서 했고, 트윈스의 야구 경기도 여기서 봤지. 그 시절은 행복하고 비참했어. 우정은 날로 무르익었지만 트윈스의 경기는 눈 뜨고 보기엔 참혹했거든.

지후가 말한 지옥, 살아 있어 펄펄 끓는 지옥은 학교에서 언덕을 이삼 분 정도 걸어 내려온 곳에 자리한 이층 양옥집이었다. 나는 철문 하나만 보고도 이 집의 모습을 머릿속에 완벽하게 그릴 수 있었다. 형무소 정문처럼 우람하고 위압적인 청색 대문 한쪽으로 난 작은 쪽문을 머리 숙이고 들어가면 마당 건

오늘은 죽음의 날입니다

너 넓고 큰 미닫이 구조의 창문이 서너 계단 높은 시선에서 방문자를 내려다보며 맞이한다. 외벽은 울퉁불퉁하게 다듬은 인조 대리석으로 장식된 경우가 대부분이다. 건물의 크기에 비해 조금 작아 보이는 우유와 진흙을 섞은 색깔의 불투명 유리가 달린 현관문을 열고 안으로 들어가면 거실이 곧장 나타난다. 소파와 티브이와 오디오가 정석처럼 놓인 거실의 바닥은 갈색과 적갈색이 교차한, 실패한 몬드리안 그림을 떠올리게 하는 격자무늬 마루로 되어 있는데, 미학적으로 혼란을 일으키는 어지러움은 부엌까지 곧장 이어진다. 거실 끝 계단을 따라 이층으로 올라가면 좌우에 하나씩의 방이 있다. 그중 하나는 서재, 다른 하나는 아이 방인 경우가 열에 아홉이며, 좌우방향 중 어딘가엔 어른 한 사람이 겨우 지나갈 수 있는 급경사의 좁은 계단이 있어 우리를 옥상으로 안내한다. 옥상은 넓고 평평해 빨래를 말리거나 꽃을 심거나 정원 의자를 하나 비치해서 등을 기대고 앉아 주변 경관을 감상하는 것도 가능하지만 경제 사정에 따라선 옥탑방을 지어 세를 놓을 수도 있다. 요약하자면 지난 세기 중후반에 흔히 지어졌던 건축물이라는 것. 효율성과 편리함과 환금성을 앞세운 통일된 규격의 빌라와 아파트가 온 도시를 점령한 지금은 일부러 찾아 나서지 않고는 보기 어려워진 과거의 유물 같은 비효율적인 집이라는 것. 다시 말하면 꼭 할머니의 집 같은. 이 집에도 다락방이 있을까?

쪽문은 잠겨 있었다. 지후는 벨을 누르거나 문을 두드리지 않았다. 주머니에서 열쇠 꾸러미를 꺼내 들어 두 개의 구멍에 열쇠 하나씩을 넣고 돌렸다. 쪽문을 열고 들어서자마자 눈에 들어온 마당은 멸망 직전의 대한 제국이었다. 한때 눈부시게 푸른 잔디밭이었을 공간을 시든 잡초와 마른 낙엽, 바람의 소개를 받고 빌붙어 살러 들어온 종이와 비닐 같은 부랑자들이 빽빽이 메웠다. 그 숨 막히는 밀도에 나도 모르게 숨을 크게 내쉬었다. 건물 앞에는 할머니 방 크기의 연못이 있었다. 잘못 삶아 한쪽이 터져 버린 계란 모양의 연못 또한 방치되어 있긴 마찬가지였다. 본격적인 어둠이 몰려오기 시작한 시간인 데다가 마당에는 따로 조명도 없어 연못의 물은 온통 검게 보였다. 아마 환한 대낮이었더라도 사정은 별로 다르지 않았을 것이다. 종이, 비닐, 낙엽은 연못에서도 어깨를 나란히 한 채 함께 거주하고 있었으며, 연못 앞에 도달하기 전부터 접근 금지를 경고하는 비릿한 냄새를 중국산 염화칼슘인 양 아끼지 않고 마구 뿌려 댔다. 쓰레기와 죽어 가는 것들이 오랜 시간 합심해 만들어 낸 부패와 죽음의 냄새였다. 속으로 중얼거렸다. 완전 종간나 새끼 같은 집이네. 마당과 연못은 엄격한 할머니의 눈으로 볼 때 존재할 가치가 없는 구제불능의 지역이었다. 꼭 나처

오늘은 죽음의 날입니다

럼, 혹은 아빠처럼.

　시각과 후각의 반발을 억지로 누르고는 연못 앞에 앉았다. 가을치곤 제법 차가운 바람이 두터운 구름 아래에서 간간이 불어오며 얼마 남지 않은 마른 나뭇잎마저 툭툭 쳐 떨어뜨렸지만 선택의 여지는 없었다. 우리의 방문을 미리 통보받은 듯 흔들의자 네 개가 건물에 냉정하게 등을 돌리곤 연못을 향해 놓여 있었기 때문이다. 등받이에 붉은 덮개를 씌운 의자는 예상과는 달리 제법 편안했다. 몸에 힘을 빼고 깊숙이 기댔다. 의자는 삐거덕 비명도 지르지 않으면서 여행에 지친 내 몸을 편안하게 받아 주었다. 지후는 학교에서 발굴한 유니폼을 번호가 보이도록 자신의 발밑에 내려놓았다. 47번. 이 번호의 원래 주인은 누구일까? 번호에 숨겨진 의미를 알았으면 더 좋았겠지. 야구라는 종목에 아무런 관심도 없던 내겐 어차피 무의미한 가정이었다. 유니폼을 보며 한동안 명상하던 지후가 고개를 돌린 채 손을 들었다. 저기 저 불 켜진 이층 오른쪽 방이 문혁이 방이야.

　건물에서 유일하게 빛이 있는 곳이었다. 고마운 불빛, 하고 중얼거려 보았다. 그 작은 불빛이 있기에 우리는 제국의 완벽한 폐허 같은 어둠 속에 묻혀 있지 않아도 되었다. 형광등 불빛은 차가워서 그다지 좋아하지 않았으나 지금만큼은 그렇지 않았다. 늦가을 밤, 말수 적은 남자애가 얇은 겉옷을 벗어 어깨에 살짝 둘러 주곤, 발 앞에 주사위 같은 정육면체 모양의 장작들을 세잔의 그림처럼 쌓은 뒤 불까지 붙여 준 느낌이었다. 아쉽게도 우리는 저 방에 들어갈 수는 없어. 어쩌면 다행일 수도 있겠지. 저 방에 앉아서 건조하고 냉정한 대화를 이어 가기란 불가능할 테니까. 결론은 간단해, 오늘 허락받은 공간은 이 마당뿐이라는 것. 우리의 모든 대화와 행동은 이 마당에서만 일어나야 한다는 것. 문혁이의 부모님은 우리가 여기에 두 시간 정도 머무는 것을 허락하셨어. 2년 동안 별렀던 날이란 걸 감안하면 충분하다고 보긴 어렵지. 그렇지만 정작 나눠야 할 말이 산더미처럼 많지는 않다는 현실적 사정을 생각하면 그리 부족하지도 않은, 그러니까 뭐 그냥 대체로 적당한 시간이지.

지후는 120분 토론회의 개최를 선언하듯 박수를 세 번 쳤지만 따라서 박수를 치는 사람도, 먼저 손을 들고 입을 여는 사람도 없었다. 지후는 그리운 듯 낯선 듯 고개를 주인처럼 자연스럽게 혹은 손님처럼 어색하게 돌리다가 짧은 추억을 방출했다. 이 집에서 제일 좋았던 건 뭔지 알아? 커피 우유였어. 어머님은 우리에게 꼭 커피 우유를 다이제스티브나 에이스 과자와 함께 주셨지. 초코 우유가 아니라 커피 우유. 좀 웃기지 않아? 문혁이와 내가 초등학생일 때부터 쭉 그랬다니까.

초등학생들에게 커피 우유라니, 그건 좀 독특한 취향이긴 했

오늘은 죽음의 날입니다

다. 그렇다고 비웃을 만한 일도, 놀랄 만한 일도 아니었다. 어느 집이건 그 집만의 특별식은 존재하기 마련이니까. 할머니가 내게 닭의 뇌를 숟가락으로 떠먹였던 것처럼. 할머니의 닭요리는 무조건 백숙이었다. 털과 내장만 제거한 채 그대로 삶아내는 백숙. 명상하듯 눈을 감은 닭의 머리가 그때는 이상하게도 별로 무섭지가 않았다. 아직 어렸기 때문일까? 나는 닭과 죽음을 조금도 연결시키지 못했다. 아, 기름이 둥둥 떠다니던 그 백숙을 지금 다시 먹으라고 하면 도저히 못 먹을 것 같았다. 이제 할머니는 더 이상 내게 백숙을 만들어 주지도 않지만. 앞으로도 먹을 일은 없겠지만, 할머니가 개처럼 죽을 때까지도. 주미에게 묻고 싶었다. 주미의 특별식은 무엇이었는지. 주미는 어떻게 눈 하나 깜짝하지 않고 쥐를 봉합할 수 있었는지. 주미는 문혁을 어떤 마음으로 죽였는지.

혼잣말에 지친 지후가 주미를 자극했다. 혹시나 해서 하는 말인데 이건 독백 쇼는 아니거든. 그쪽도 참여해야 하거든. 자, 나한테 할 말 없어?

주미는 대답하지 않았다. 바닥의 낙엽을 한 움큼 집었다가 다시 놓기를 몇 차례 반복했다. 바람이 불었고 몇몇 낙엽, 혹은 먼지는 내게로 향했다. 얼굴을 피하지 않고 그 동작을 살펴보다가 나도 모르게 끼어들었다. 할 말이 있으면 너부터 해. 오늘의 자리를 마련한 건, 오늘의 주재자는 너니까.

그래, 일리가 있는 말이네. 그래, 그러네. 그거 좋은 의견이네. 솔선수범, 총대 메기, 다른 사람이 아닌 내가 먼저 지옥문을 열어야겠지. 혁이, 제기랄… 문혁이가 사라지고… 벌써 2년이 지났으니 내가 어떻게 생각하는지를 밝힐 때가 되긴 되었지. 이제 죽음의 날도 얼마 안 남았고 말이야. 오늘 이후론 지옥 불도 꺼질 테니 그 전에 내 생각을 확실히 털어놓는 게 옳겠지. 내가 제일 화가 나는 건… 어처구니없게도 난 그 마지막 순간에 대해 아는 게 전혀 없어. 왜냐하면 문혁이가 강물에… 뛰어든 그때, 난 곁에 있질 않았거든. 그 전 몇 달 동안은 화를 내고 욕을 하느라 제대로 된 이야기도 나눠 본 적이 없거든. 사라지기 전 주엔 얼굴도 제대로… 못 봤거든. 그러니까… 그때의 일을 정확히 아는 사람은… 주미밖에는 없겠지. 재수 없고 짜증나는 개 같은 상황이지만 인정할 수밖에 없어. 문혁이와 마지막까지 같이 있었던 사람이니까.

지후의 연기가 삐끗거렸다. 가면을 연못에 벗어던지고 소년의 얼굴을 노출해 버렸다. 정확히 말하면 내가 본 건 2년 전 지후의 얼굴일 것이다. 난 그때의 지후를 알지도 못했지만 내 판단이 틀리지 않으리라 확신했다. 뭐랄까, 내 진단에 따르면 지후는 그날에 여전히 머물러 있었다. 몸은 성장했지만 지후의

오늘은 죽음의 날입니다

마음은 그걸 거부했다. 몸과 마음의 불균형, 지후의 얼굴이 얼룩져 보이는 이유였다. 어딘가 익숙해서 그리워 보이는 이유이기도 했고. 우리 모두가 겪었던 어수룩했던 시절들. 나를 미워하고 세상을 미워했던 외로움과 불화로 점철된 시간들. 튼튼한 몸과 여린 마음. 지후는 자신에게만 특별히 불행한 사건이 생긴 거라고 믿어 왔겠지. 지후 앞에서 나는 노숙한 심리학자가 된 기분이 들었다. 손을 뻗어 얼룩을 쓰다듬고 싶었다. 이제 괜찮아, 라고 다정하게 말해 주고 싶었다. 하지만 그건 내가할 일이 아니었고 실은 그럴 수도 없었다. 심리학자가 된 기분이 들었을 뿐 실은 그렇지 않았으니까. 나는 쥐도 꿰매지 못했고 전공 수업도 빼먹었으니까. 무엇보다도 실은 나조차도 그혼란에서 다 빠져나오지는 못했으니까. 난 아직 종간나일 뿐이니까. 인생 참 엿 같지? 6년을, 무려 6년을 매일 붙어 지냈는데 마지막 순간은 다른 사람에게 빼앗겨 버린 거야. 그 일이 있기석 달 전만해도 이름조차 몰랐던, 생각조차 못 했던 인간에게 말이야. 그래서… 그래서 너무 화가 나. 주미 너한테.

지후는 고개를 짧게 끄덕이곤 이렇게 덧붙였다. 실은 나한테.

시간을 훔친 도둑에게 마음껏 화를 내고 욕을 해도 좋아.

비유를 말하는 주미의 목소리는 밝았다. 마치 유쾌한 일이라도 보고 들은 사람처럼.

지후가 갑자기 소리를 질렀다. 직설적인 목소리. 이제 연기는 접은 것 같았다. 그게 무슨 개소리야? 넌 그런 말을 할 자격이 없어. 네가 아니었다면 문혁이는 그렇게 극단적인 방법을 쓰지는 않았을 거야. 왜 문혁이를 받아 주지 않았어? 도대체 문혁이한테 무슨 마녀 짓을 한 거야?

나도 궁금해. 내가 도대체 무슨 짓을 한 걸까?

뭐라고?

지후가 의자를 박차고 일어나 주먹을 들곤 주미를 노려보았다. 지후와 주미에 집중하느라 민호를 놓쳤다. 민호가 어둠 속에서 갑자기 나타나 지후의 가슴을 발로 걷어찼다. 나처럼 민호를 보지 못했던 지후는 무방비 상태에서 뒤로 넘어졌다. 민호가 성난 목소리로 말했다. 못난 새끼. 너란 놈은 좀 다를 줄 알았는데… 너도 결국엔 담임 새끼랑 똑같아.

민호는 바닥에 침을 뱉곤 그대로 돌아섰다. 지후가 누운 채로 흐흐 웃으며 외쳤다. 가라 가. 가는 사람 안 잡는다. 다 가라고. 이상하고 요상한 놈인 줄 알았더니 결국 너도 정상이었구나. 정상, 다른 놈들과 똑같은 정상, 노멀. 좋겠다, 정상 새끼야. 가라, 이 노멀 새끼야. 일어나서 면상 갈기기 전에 빨리 꺼져 버리라고.

오늘은 죽음의 날입니다

나는 자리에서 일어나 민호를 쫓아갔다. 거칠게 쪽문을 열고 밖으로 나가려는 민호를 간신히 붙잡았다. 지후 곁에 조금만 더 있어 주면 안 되겠니?

형편없는 새끼야. 학교도 안 가고 하루 종일 지켜봤는데 고작 여자한테 주먹이나 휘두르려 하고. 난 엄마한테 전화도 못 했는데.

지금 지후에겐 네가 필요해. 지후의 친구라면 지금 지후를 지켜 줘.

모르겠어. 내가 왜 그래야 하는데? 저놈은 나를 친구로 여기지도 않아.

트로이 잊었어? 네가 없으면 지후는 무너져 버릴 거야. 알겠니?

그렇진 않을 거야.

지후의 친구라면서 지후를 정말 모르는구나. 너희 친구 맞니?

모르겠어.

모른다고?

지후가 누군지, 내가 누군지 하나도 모르겠어. 여기가 어딘지도 모르겠어. 내가 지금 여기에 왜 있는 건지도. 아, 엄마한테 전화를 했어야 했는데.

심각한 상황인데 나도 모르게 웃음이 나왔다. 슬픈 코미디라서. 꼭 나를 보는 것 같아서. 간신히 웃음을 삼키며 말했다. 그거 알아? 넌 정말 스티븐 디덜러스를 닮았어.

민호는 나와 쪽문 사이 어딘가를 바라보며 아무 말도 하지 않았다. 조금만 더 있어 봐. 어쩌면 오늘 여기서 모든 걸 알게 될 수도 있으니까. 너희 둘이 진짜 친구인지 아닌지도. 트로이가 무너지더라도 곁에는 있어야지. 그래야 호메로스가 되어 기억하고 기록할 수 있지.

그때 지후가 커다란 목소리로 악을 쓰듯 노래를 불렀다.

종이를 찢어 버렸네.
밖엔 달이 더 밝아 보였네.

처음 듣는 노래였다. 그런데 어디서 들어본 것 같은 노래였다. 말이 안 되는 걸 알지만 그렇게 말할 수밖에는 없다. 의식은 모른다고 하는데 무의식은 알면서 모르는 척 고개를 돌리고 있는 것 같은… 내 무의식은 어디서 이 노래를 듣고 어둠 깊숙이 감춰 놓았을까?

16.

    지후를 더 지켜보기로 했다. 스티븐 디덜러스를 닮았다는 혜연의 기묘한 말 때문은 아니었다. 나 같은 어중간한 인간은 결코 스티븐 디덜러스가 될 수 없으니까. 어떤 일의 주체가 되어 스스로 판단하고 결정하는 건, 자신을 자유로우면서도 완벽하게 표현하는 건, 스티븐처럼 '침묵과 간계와 유배의 전략'을 적절하게 사용하는 건, 나 같은 미성숙한 인간에겐 불가능하니까. 그럼에도 문을 열고 나가지 않은 건, 행동을 번복한 건, 이 여행에 끝까지 동참하고 싶은 마음이 회피의 유혹보다 훨씬 더 컸기 때문이다. 일의 전말이 궁금해서가 아니라, 내가 누구인지 어디에 있는 건지 알고 싶어서가 아니라, 지후에게 그렇게 하겠다고 약속을 했기 때문에. 내가 먼저 저버리고 싶진 않았기 때문에. 헥토르가 되겠다고 다짐했기 때문에. 어리석기 그지없는 데다가 자신의 감정에 정신이 팔려 몸과 마음을 제어하지도 못하는 한심한 놈이 내 친구이건 아니건 간에.

어느덧 검은 바닥에서 일어나 의자 주변에서 서성이던 지후가 다시 돌아온 나를 보며 바닥에 침을 뱉었다. 안 갔어?

안 간다, 이 새끼야. 안 갈 거다, 이 새끼야.

아쭈, 형한테 못 하는 소리가 없어.

내가 형이지. 생일도 내가 한 달이나 더 빨라.

지랄하네.

지랄발광하면 또 어쩔래?

하여간 정말 이상하고 괴상한 놈이라니까.

너도 괴상망측해. 넌 컬러풀하게 미친 꼴통 돌아이 새끼야.

지후가 인정하듯 고개를 끄덕였다. 그럼 됐네. 둘 다 이상하고 괴상하고 컬러풀하게 꼴통인 놈들이니까.

지후와 내가 옥신각신 끝에 다시 자리에 앉자 혜연이 물었다. 아무리 생각해도 이해가 안 되는 게 있어. 도대체 이름은 왜 바꿨어?

그냥.

그냥이라고? 그건 설명이 안 돼. 완전히 다른 이름이라면 또 모를까, 지훈에서 지후로 바꾸다니 겨우 ㄴ자 하나 빼 버린 게 전부잖아, 이게 도대체 무슨 의미인 거니?

지후가 대답을 하지 않고 내 얼굴을 쳐다보기에 이번만은 지고 싶지 않아서, 아는 것 하나 없으면서 선수를 쳤다. 이상하고 괴상한 놈이니까. ㄴ만 없으면 다른 사람이 되는 줄 안다니까. 안경만 벗으면 슈퍼맨이 되는 줄 착각하는 것과 같은 이치지.

내 말에 지후가 피식 웃었다. 하여간 저놈은… 그런데 재수 없지만 저 새끼 말이 맞아. 조금 웃기게 들리겠지만, 이런 식의 닭살 돋는 발언이 많이 우습겠지만… 문혁이는 내게 ㄴ 같은 존재였어. 거창하게 말하면… 내 이름을 구성하는 마지막 하나의 요소.

혜연이 참지 못하고 피식 웃었다. 혜연의 손을 잡고 싶은 충동을 간신히 억눌렀다. 지후는 어깨를 으쓱하고 입술을 씰룩였다. 정리하자면 이런 거야. 문혁이가 사라져서 더 이상 볼 수 없게 된 후 이상한 일이 일어났어. 난 내 이름을 견딜 수가 없게 되었어. 누가 내 이름을 부를 때마다 문혁이의 목소리가 생각나서 참을 수가 없었거든. 그렇다면 이름을 바꿔야 하겠지. 하지만 완전히 다른 이름을 쓰고 싶지도 않았어. 어리석은 소리지만… 그랬다간 사라진 문혁이가 다시 돌아왔을 때 나를 못 찾을 수도 있으니까… 젠장, 미운데 미워할 수가 없었으니까, 잊고 싶은데 잊을 수가 없었으니까. 그래서 절충을 한 기야. ㄴ만 빼 버리기로. 효과가 있더군. ㄴ하나만 없앴는데 완전히 다른 인간이 된 기분이 들었어. 이름이 지겨워지면 다들 한번 시도해 봐. 생각보다는 괜찮아. 겉보기엔 우스운 조치들이 실은 꽤 효험이 있는 경우가 많아.

내게도 ㄴ이 있던 시절이 있었다. 물론 그땐 ㄱ도 있었고. ㄱ과 ㄴ, 그리고 아빠를 잃어버린 나는 지후의 말을 이해할 수 있었다. 나도 그들을 미워할 수 없었다. 나를 배반한 나쁜 것들이니 죽이고 싶도록 미워하는 게 정상이었는데도. 왜 나는 그들을 잊지 못하고 그리워하는 걸까? 바보라서? 미련이 많은 유형이어서? 주미가 고백했다. 다 거짓말이야. 내가 했다던 말들.

지후가 곧바로 물었다. 그게 무슨 소리지?

네가 기사를 통해 알고 있는 문혁이의 마지막 몇 시간에 대한 말들. 난 그렇게 말하고 행동한 적이 없어.

기사라니, 정확히 뭘 말하는지 알 수는 없었지만 중요한 사항임에는 분명했다. 지후의 얼굴이 크게 흔들렸다. 꼭 지진으로 마구 요동치는 땅 위에 두 발로만 균형을 잡고 간신히 버티고 서 있는 것처럼. 흔들리는 건 얼굴이 아니라 마음이겠지. 그동안 믿어 왔던 게 실은 다 가짜라는 뜻이니까. 우리를 세상에서 제일 사랑한다던 아빠가 어느 날 갑자기 우리 가족을 버리고 떠난 것처럼. 성벽을 올랐던 다음 날 나를 지켜 줄 유일한

오늘은 죽음의 날입니다

친구로 믿었던 ㄴ이 진실을 증언하기는커녕 매정하게 등을 돌렸던 것처럼. 주미가 말했다. 그 마지막 날 문혁이가 우리 집에 왔던 건 사실이야. 그것 빼고 나머진 다 거짓말이야. 말도 안 되는 헛소리들. 세상이 만들어 낸 거짓들.

혜연이 끼어들었다. 나야 잘 모르고 끼어들 자격도 없지만 그렇다면 실제로 있었던 일을 사실대로 말해 주면 되지 않을까? 그게 지후가 원하는 바일 테니.

실제의 일? 실제가 뭔데? 사실은 또 뭔데? 실제와 사실이 뭔지 안다고 해도 글쎄, 그걸 또 어떻게 말로 할 수 있을까?

지후가 더 참지 못하고 소리를 질렀다. 기사에 나온 게 다 거짓말이다? 너한테 바람 맞고 강물에 뛰어든 게 기자가 쓴 소설이다? 그렇지만 실제와 사실을 말해 줄 수는 없다? 내가 제대로 들은 거냐? 이게 다 도대체 무슨 형이상학적 개소리야?

미안해, 속이 상하겠지만 뭐라고 해야 할지 난 정말 잘 모르겠어.

잘 모르긴, 너도 거짓말쟁이네. 아까 감독 새끼가 눈도 안 깜빡이고 거짓말하는 거 다들 들었지? 문혁이는 재능이 부족하지 않았어. 오히려 내 유일한 라이벌이었지. 실력 없는 감독 새끼가 눈이 삐었던 것뿐.

거짓말의 문제는 아니야. 조금 선에도 말했듯 그렇게 간단하지가 않아.

난 무식한 놈이니까 다 집어치우고 있었던 일들만 간단히 말해 줘.

그건…

제발 말해 달라니까. 도대체 뭔 개수작이야? 언제까지 혼자서만 잘난 체할 건데? 문혁이가 강물 속으로 사라지기 전에 무슨 일이 있었는지 알려 달라는 게 그렇게 어려워? 누가 너더러 꾸며서 말해 달라고 했어? 네 의견 듣고 싶다고 했어? 싸구려 소설 쓰라고 팔모가지 붙잡고 강요했냐고?

지후가 자리에서 일어났다. 나는 재빨리 따라 일어나 지후를 앉혔다. 혜연이 빙긋 웃으며 물었다. 넌 문혁이를 빼앗겼다고 생각하지?

빼앗겼다. 지구가 공전하고 자전한다는 말처럼 정확한 진리였다. 그랬다. 여태껏 애매하던 문제들이 한순간에 명확해지는 기분이었다. 그래, 이거였구나. 문혁이 스스로 목숨을 버린 것은 분명 지후에게 큰 충격이었을 것이다. 그러나 어쩌면 그 전에 이미 문혁을 다른 사람에게 빼앗겼다는 상실감이 지후에겐 더 견디기 힘든 일이었을 것이다. 그래서 지후는 격분하는 것이고. 지후가 고개를 숙이고 유니폼을 보았다.

심리학과라더니… 부끄럽게도 마음을 들켜 버렸네. 그래, 인정. 그거 하나는 인정. 제기랄, 그 점에 대해선 날 좀 이해해 줘라. 혁이는, 문혁이는⋯ 내게 단순한 친구가 아니었어. 우린⋯

혜연이 나직한 목소리로 물었다. 어떻게 알게 됐니?

우린, 초등학교 때 야구장에서 처음 만났어. 아까 갔었던 그 야구장에서 상대 팀으로. 내가 첫 타석에서 안타 치고 일루에 나갔을 때 투수였던 문혁이가 글러브를 들어 보이며 말했지. 나이스 베팅. 의외의 인사라 아무 말도 못했지. 선수 간의 예의 따윈 찾아볼 수도 없었던 잔인한 선사 시대였어. 무슨 수를 써서라도 이기는 게 유일한 미덕으로 인정받던 시절이었지. 난 당황해서 응대도 제대로 못하고 그저 속으로만 생각했어. 안타 맞은 주제에 타자를 칭찬하다니 이런 말도 안 되게 멋진 놈이 있나. 경기가 끝나자마자 문혁이한테 가서 친구 하자고 했지. 우린 그렇게 친구가 된 거야. 성현중학교에 함께 입학하던 날 우린 교사 뒤편 소나무 아래에서 비밀 의식을 치렀어. 무슨 일이 있어도 프로야구 선수가 되자고 손을 잡고 머리를 맞대고, 심지어는 손가락에 상처를 내 피로 맹세까지 했지. 미리 샀던 선수용 유니폼을 아빠 방에서 훔쳐 온 상자에 넣어 땅에 묻곤 프로야구 선수가 되는 날 함께 와서 꺼내 입자고 약속을 했지. 그래서 유니폼도 일부러 큰 걸 준비했고. 그랬던 문혁이가 3학년 여름방학이 시작되던 날 야구를 그만뒀어. 6년이나 야구를 했던 놈이, 제2의 이상훈이 되겠다던 놈이, 함께 미래를 기약했던 놈이 제일 친한 나한테 상의도 한 번 하지 않고 야구를 그만뒀어. 문혁이가 이미 열흘 전에 감독 새끼에게 그만두 겠다는 말을 했다는 걸, 그날 겨우 허락을 받았다는 걸, 처음 알았어. 열흘 내내 감독 새끼에게 맞고 또 맞았는데, 문혁이 얼 굴이 반쪽이 되었는데, 나 혼자만 그걸 까맣게 몰랐던 거야. 감 독과 함께 새 구종을 개발하려 한다는 문혁이의 거짓말을 순 진하게도 그대로 믿었지. 어떻게 그럴 수가 있었는지. 문혁이 의 결정에도 화가 나고, 사람의 마음을 매로 다스려 보겠다는 감독의 어처구니없는 행동에도 열이 받고, 그걸 미리 몰랐던 나에 대해서도 분노가 솟구쳐서 문혁이 코를 주먹으로 쳤어. 문혁이를 때리다니, 우리 사이에 처음 있는 일이었지. 더 화가 나는 건 문혁이가 맞고도, 코에서 피가 줄줄 흐르는 데도 그냥 서 있기만 하는 거였지. 나한테 지는 걸 그렇게 싫어하던 놈 이, 아이스크림 내기, 꿀밤 내기에도 온 힘을 다하던 놈이. 어 찌나 맥이 풀리던지.

지후가 머리를 손으로 감쌌다. 피리 소리를 내며 부는 바람 이, 간간이 떨어지는 희미한 낙엽 소리가 어색한 정적을 간신 히 막아 준 그때 나는 속으로 내 몫의 우울함을 삭혔다. 지후와 내가 한 피의 맹세는 진짜가 아니었다. 그건 과거의 어설픈 재

오늘은 죽음의 날입니다

탕에 지나지 않았던 것. 나는 문혁이라는 본 적도 없는 존재의 대타였을 뿐. 아빠 생각이 났다. 아니, 정확히 말하면 아이스크림 생각이 났다. 아빠가 마지막으로 사 주었던 아이스크림은 무슨 맛이었을까? 이종 격투기를 보던 그날, 바보처럼 아빠에게 좋은 일이 있었던 거라고 믿었던 그날, 아이스크림을 먹은 기억은 생생한데 무슨 상표였는지, 어떤 맛이었는지는 도무지 정확하게 기억이 나지 않았다. 브라보콘이었을까, 월드콘이었을까, 허쉬콘이었을까? 바닐라 맛이었을까, 딸기 맛이었을까, 초코 맛이었을까? 제기랄, 왜 나는 기억을 못하는 걸까? 그리 오래된 일도 아닌데. 그날 보았던 경기의 장면들, 화끈하게 경기를 끝냈던 선수의 오른쪽 눈에서 오래 품었던 결기처럼 똑똑 흐르던 피 한 줄기, 라운드 걸이 입었던 가슴이 깊게 파인 검은 옷, 한 번 더 오자던 아빠의 마지막 말은 아빠 특유의 허허 웃음과 함께 잊히지 않고 똑똑히 떠오르는데. 아빠는 그날의 아이스크림을 기억이나 할까? 개자식들. 나쁜 놈들. 지옥에 처박힐 것들. 아빠건 지후건.

　며칠 후에 문혁이를 어렵게 다시 만난 후에야 제대로 된 이유를 듣게 되었지. 놈이 뭐라 그랬는지 알아? 여자를 만났다는 거야. 연상이고 고2인데 첫눈에 반했다는 거야. 무슨 소리인지 도무지 알아들을 수가 없었어. 그래서 물었지. 그게 야구를 그만두는 거랑 무슨 상관이 있냐고. 야구를 하면서 여자를 사귀면 되는 거 아니냐고. 그랬더니 문혁이가 뭐라 그랬는 줄 알아? 너도 정말 좋아하는 사람이 생기면 알 거다, 두 가지를 다 잘하긴 어려운 법이야, 이러는 거 있지? 이게 도대체 말이나 되는 소리야? 누군가를 사랑하면 다 야구를 그만둬야 하는 건가? 성공한 야구 선수는 다 독신인가? 설득하고 또 설득했지만 문혁이는 마음을 바꾸지 않았어. 도무지 말이 안 통해서, 너무 화가 나서, 절교 선언을 했어. 그 뒤론 문혁이와는 제대로 된 말을 한 번도 나누지 않았지. 문혁이가 사라지던 그날까지. 학교에서 우연히, 혹은 고의로 얼굴 마주쳤을 때마다 화를 내고 침을 뱉고 욕을 하느라 말이야. 허무하게 소비해 버린 그 시간들… 난 지금도 모르겠어. 도대체 주미 네가 뭔데… 나한테서 문혁이를 빼앗고, 그것도 모자라 문혁이의 꿈까지 빼앗은 거야? 그러고도 이제 와서 한다는 소리가 모르겠다? 그럼 도대체 뭔데? 문혁이는 도대체 왜 강물에 뛰어든 거야? 미쳐서? 정신이 나가서?

지후가 어린애처럼 갑자기 울음을 터뜨렸다. 성벽처럼 와르르 무너지는 지후를 볼 수 없어서, 그렇다고 내 실력으론 성벽을 다시 쌓을 도리도 없어서, 고개를 숙이고 속으로 조용히 울었다. 그때 혜연이 노래를 불렀다.

오늘은 죽음의 날입니다

종이를 찢어 버렸네.

밖엔 달이 더 밝아 보였네.

확인하기 위해 혜연을 볼 필요는 없었다. 아마도 혜연의 입
은 꼭 닫혀 있을 테니. 달은 아직 두터운 구름을 뚫지 못했을
것이다. 그건 이 집의 더러운 연못보다도 더 명확해 두 눈으로
확인하고 말 것도 없는 일이었다. 나는 소리 높여 크게 울었다.

17.

　구름이 달을 볼모로 잡아 두고 놓아주지 않는 매정한 밤, 월
명사 스님이라도 구름을 움직여 달을 구출하기가 쉽지 않아 식
은땀만 난처한 듯 줄줄 흘리는 어두운 밤, 멸망한 제국의 버려
진 마당에서 소년 둘이 오래 참았던 울음을 터뜨렸다. 나는 울
지 않았고, 주미의 얼굴은 뜻밖에도 맑았다. 울음이 그치길 기
다리며 어두운 마당을 보니 처음에는 보이지 않던 것들이 보
였다. 연못에서 가장 먼 곳, 문을 열고 들어서서 왼쪽으로 몸을
돌리면 닿을 수 있는 공간엔 글러브와 공과 야구 방망이 들이
놓여 있었다. 그러니까 바로 저곳이 이 집의 다락방이었다. 문
혁에게 일이 생긴 후 이유도 모르고 버려진 것들은 2년 동안
비와 눈과 바람을 맞으며 같은 자리를 지켰을 것이다. 아빠가

　오늘은 죽음의 날입니다

버린 소설처럼, 내가 버린 개의 유골처럼. 소년들의 울음이 천천히 잦아들었다. 바람이 불고 나뭇잎들이 떨어졌다. 월명사 스님의 불경 소리가 조그맣게 들렸다. 스님의 목소리는 쓸쓸하고 버석거렸다. 주미가 말했다. 아무 말도 하지 않겠다는 건 아니었어. 내 마음대로 할 수 있는 게 아니어서 그랬을 뿐. 더 노력해 볼게. 어떤 이야기가 듣고 싶니?

지후가 조용히 물었다. 그게 무슨 소리야?

아무리 생각해도 나는 못 고르겠으니까 네가 골라 봐.

그게 무슨 소리냐니까?

겉보기엔 한 가지 같아도 실은 셀 수 없이 많은 종류의 이야기가 그 안에 숨어 있지. 네가 이야기를 듣기 원한다면 그중 한 가지를 선택해야 해.

난 무슨 말인지 전혀, 조금도 모르겠어.

잘 모르기는 나도 마찬가지라니까. 왜냐하면… 이야기의 일부는 사람과 함께 죽어 버렸으니까, 남은 이야기는 해체되어 흩어져 버렸으니까, 아니 수십, 수백 개의 이야기로 나눠져 버렸으니까. 그러니까 그 이야기들에 대해 말을 하려면 듣는 사람이 선택해야 한다고, 내 마음속에서 주장하고 있어.

문혁이는 죽지 않았어.

그건…

짧고 깊은 침묵에 빠진 지후를 대신해 민호가 물었다. 이야기들은 다 진실인 거야?

내가 생각하는 한에서는. 물론 백 퍼센트 진실인 이야기는 없어. 백 퍼센트 거짓인 이야기도 없고.

그렇담 네가 들려주기 원하는 이야기를 들려줘.

그렇게는 안 돼. 나도 모른다니까. 흩어지거나 나눠졌다니까. 그러니 이야기를 듣기 원하는 사람이 이야기를 고르고, 나는 그것으로 새로 구성해야 한다니까.

민호가 결정을 내렸다. 의미가 있는지는 모르겠지만 그렇담 진실이 구십이고 거짓이 십인 이야기를 들려줘.

주미가 지후를 보았다. 지후는 어쩔 수 없다는 표정이 역력한 얼굴로 고개를 끄덕였고, 주미가 입을 열었다. 고2 올라가면서부터 난 일종의 심리 치료를 받았어. 할머니가 그보다 한 해 전에 돌아가셨는데 시간이 흘러도 좀처럼 그 일을 머릿속에서 떨쳐내지 못했거든. 성현동에서 일평생을 사셨던 할머니는 횡단보도를 건너시다가 검은 머스탱에 치여서 돌아가셨어. 대낮이었는데, 파란불이었는데, 여든이 넘으신 할머니는 지팡이도 짚지 않고 다니실 정도로 정정하셨는데. '일종의'란 단어를 쓴 건 내가 다녔던 그곳이 진짜 심리 치료소는 아니었기 때문이야. 교육 공동체란 말이 더 적합할지도 모르겠어. 무언가

오늘은 죽음의 날입니다

에 지치고 허물어진 아이들이 자유롭게 오고 가는 곳이었으니까. 원예, 목공, 제빵 등의 과정이 있긴 했지만 꼭 참여해야 한다는 엄격한 규칙이 있는 건 아니었어. 그날그날 기분에 따라 하루는 제빵, 하루는 목공, 또 다른 날은 원예 활동을 하면 되었으니까. 선생님들도 여러 분 계셨는데 도와 달라고 말하기 전엔 절대 먼저 나서지 않으셨지. 마치 자신들도 즐기러 온 듯 활동에 몰두하실 뿐이셨지. 상담의 규칙 또한 따로 없었어. 꽃을 심고 원목을 자르고 빵을 굽다가 무언가를 말하고 싶어지면 선생님을 찾아가면 돼. 그러면 선생님들은 하던 일을 멈추시곤 아이들의 말을 들어 주셨지. 선생님들이 하신 건 그게 전부였어. 이렇게 하라 저렇게 하라 절대 그렇게 말씀하시진 않았어. 참 이상한 상담이지? 난 엄마가 소개해 준 그곳이 정말 마음에 들었어. 학교가 끝나면 매일같이 그곳에 가곤 했지. 특별히 한게 없는 것 같은데도 저절로 마음이 풀리는 기분이 들었거든. 한두 달 후 나는 할머니를 잃은 슬픔을 거의 극복했어. 그런데도 그곳에 계속 나갔지. 그냥, 마음이 자꾸 끌려서.

그곳에서 문혁이를 만났지. 처음엔 문혁이가 좀 꺼려졌어. 중3이라는데 키는 180이 훨씬 넘었으니까. 거기에 체격도 당당하고 머리도 짧고 눈빛도 매서워서 무척 무서웠지. 눈여겨 보게 된 건 문혁이가 꽃을 좋아한다는 사실을 알고부터야. 그

덩치 큰 소년이 꽃만 보면 사족을 못 쓰는 거야. 나머지 과정은 다 제쳐 두고 매일 꽃만 심고 화분만 만지고 있는 거야. 오래 지켜보다가 여름이 되기 전 어느 날 문혁이에게 말을 걸었지. 과묵했던 문혁이가 자기를 소개하면서 했던 말, 평생 못 잊을 거야. 대뜸 나한테 11월 1일이 무슨 날인 줄 아느냐는 거야. 난 빼빼로 데이인가, 하고 대답했어. 오답인 줄은 알았지만 11월 1일에 대해선 아는 게 없었거든. 문혁이는 그날이 죽음의 날이라고 했어. 멕시코에서는 떠들썩한 기념일이라고 했어. 그러면서 나한테 말했지. 죽음을 기념하는 나라도 있다니 참 신기하지요? 난 그 삐딱한 정신이 참 마음에 들어요.

문혁이 때문에 꽃에 대해 잘 알게 되었어. 사실 난 꽃에 대해 관심이 별로 없었거든. 활짝 피었다가 금방 지는 게 싫었거든. 꼭 때 이른 죽음 같아서. 살아 있는 모든 건 죽는다는 뻔한 사실을 호들갑스러운 방법으로 알려 주는 것 같아서. 언젠가 한번은 문혁이에게 어떤 꽃을 제일 좋아하냐고 물었어. 문혁이는 항상 예상을 넘어서는 답변을 했기에 기대가 되었어. 글쎄, 꽃무릇이라고 하는 거 있지? 죽음의 날도 몰랐으니 꽃무릇도 몰랐을 수밖에. 왠지 부끄러우면서도 궁금해서 조심스럽게 이유를 물었고, 피의 꽃이란 답을 얻었지. 무슨 뜻일까, 곰곰 생각하는데 꽃이 피를 토한 듯 붉어서라고 문혁이가 말하는 거

오늘은 죽음의 날입니다

야. 좀 싱겁고 뻔하네, 하고 속으로 피식 웃는데 마늘 냄새 나는 뿌리를 진하게 달여서 마시면 피를 토하고 죽어서라고 문혁이가 또 말하는 거야. 그러니까 꽃무릇은 이중으로 피의 꽃인 셈이었던 거야. 내가 무섭고 재미있다고 하자 문혁이는 오래 품었던 소원 하나를 들려주었어. 꽃무릇이 지천으로 핀 선운사 길을 걸어 보는 게 또 다른 꿈이라고. 원래 꿈에 대해선 묻지 않았어. 난 무서운 꽃무릇에만 정신이 팔려 있었으니까. 꽃이 피는 시기를 물었더니 9월 말이라고 하더라. 나도 모르게 같이 가지 않을래, 하고 물었어. 왜 그랬는지는 지금 생각해도 모르겠어. 아름답고 밝은 꽃도 아니었는데. 우린 그럴 만한 사이도 아니었는데, 그냥, 불쑥. 단호한 거절의 답을 대가로 받았지. 꽃무릇은 같이 보는 게 아니에요.

문혁이가 죽은 날 오후 내게 전화를 했어. 깜짝 놀랐지. 서로 전화번호를 교환하긴 했지만 우리가 공동체 밖에서 따로 만난 적은 없었으니까. 통화를 한 것도 그날이 처음이었으니까. 할 말이 있다는 거야. 오래 기다려 왔던 죽음의 날이니 더 미루지 않고 꼭 하고 싶다는 거야. 조금 무서웠어. 중3이 할 말은 아니었거든. 문혁이의 그런 단호한 모습은 본 적이 없기도 했고. 난 우리 집의 위치를 알려 주곤 집으로 오라고 했어. 그날 나는 몸이 좋지 않아 학교에도 가지 않았거든. 문혁이는 금방 왔어. 마치 근처에 머물고 있었던 것처럼. 허락이 떨어지기만을 기다리고 있었던 것처럼. 기다린 사람치곤 문혁이는 말을 많이 하지 않았어. 다만 이렇게만 말했어. 아무리 해도 안 되는 게 있어요. 어쩔 수가 없는 것들이 있어요. 태양은 뜨겁고 바람은 사납고 겨울은 광폭해요. 난 못 견디겠어요. 다 참고 견디기엔 난 머리가 작고 성미가 급해요. 모호한 말들이었지. 페터 한트케의 부조리극에나 나올 법한. 난 그게 뭐냐고 묻지 않았어. 물어봐도 대답해 줄 것 같지는 않았으니까. 대신 이렇게만 물었지. 그걸 왜 나한테 말하는 거냐고. 우리가 무슨 특별한 관계인 것도 아닌데. 우린 서로 아는 것도 거의 없는데. 문혁이가 웃으며 대답했지. 누군가에게는 말하고 싶어서요. 지금 저한텐 누나 말곤 아무도 없거든요. 내 하나뿐인 친구는 나를 조금도 이해하지 못해요.

　몇 시간 후 문혁이가 다시 전화를 했어. 다리 위에 서 있는데 물결이 꿈처럼 아름답다고 했지. 그 말을 듣는 순간 위험을 깨달았지. 이상하게 들리겠지만 내 눈을 통해 그 물결을 보는 것 같았거든. 그 물결이 어서 오라고 나한테도 자꾸 손짓하고 있었거든. 함께 보자고 했어. 꽃무릇은 몰라도 꿈처럼 아름다운 것들은 혼자 보는 게 아니라고 우겼어. 내가 갈 테니 다리 입구로 나와서 기다리라고 부탁했어. 나는 서둘러 집에서 나와 택

　　　　　　　　　오늘은 죽음의 날입니다

시를 탔어. 다리 입구에서 내려 문혁이를 찾았지. 다리 중간쯤에 문혁이가 있었어. 가로등 불 아래 선 문혁이가 나를 보고 웃었어. 어두운 저녁 다리 입구에서 어떻게 중간에 선 문혁이의 세밀한 표정까지 볼 수 있었는지는 묻지 말아 줘. 정말 문혁이는 나를 보고 웃었으니까. 문혁이가 조용히 노래를 불렀어. 처음 들어 보는 노래였어. 그 노랜, 지금도 잊을 수 없어. 매일같이 머릿속에서 재생되고 있으니까. 다리 입구에서 어떻게 중간에 선 문혁이가 조용히 부르는 노래를 들었는지는 묻지 말아줘. 정말 문혁이가 부르는 노래가 들렸으니까. 그게 내가 보고 들은 문혁이의 마지막 표정과 목소리였어.

18.

정말 문혁이가 그렇게 말했어? 내가 자기를 조금도 이해하지 못한다고?

주미는 지후의 말이 들리지 않는 듯 아무 말도 하지 않았다. 지후가 연못 쪽을 보며 입을 열었다. 알겠어, 아마도 그건 네가 대답할 수 없는 질문이겠지. 네 식대로 하면 그건 다른 버전의 이야기일 테고… 그 의문은 나 스스로 해결하도록 하지. 그러면 또 다른 질문. 너에게 묻는 게 맞는지 모르겠지만 달리 확인할 방법이 없으니 앞으로는 기회도 없을 테니 물어는 보고 싶어. 왜 유니폼이 한 벌밖에 없는 거지? 우린 분명 두 벌을 묻었는데. 이 사건에도 셀 수 없이 많은 이야기가 존재하는 건가?

이제 이야기의 특성에 대해 잘 알게 되었나 보네.

그렇담 들려줘. 진실이 구십구 퍼센트인 걸로.

죽기 전에… 문혁이를 마지막으로 봤을 때 유니폼 비슷한 것을 입고 있기는 했어.

정말이야?

그렇게 물으면 나는 아무것도 답할 수가 없어. 난 야구를 잘 모르니까. 유니폼을 잘 모르니까.

너한테 야구를 아느냐고 물은 게 아냐.

화를 벌컥 낸 지후는 일어나서 돌멩이를 집어 하늘로 던졌다. 돌멩이가 다시 바닥으로 귀환하는 동안 지후는 깊은 한숨을 내쉬었다. 지후는 이층을 보았다. 저 방을 밝히고 있는 불은 오늘 밤에 꺼질 거야. 2년을 쉬지도 않고 고생했으니 이제 물러나 은퇴할 때도 됐지. 부모님도 마찬가지시고. 차마 더 기다리시라고는 말을 못 하겠어.

야구를 마친 후 지후가 내게 했던 질문이 떠올랐다. 물에 빠져서 나오지 못했는데 시신이 발견되지 않았어. 그 사람은 죽은 걸까, 죽지 않은 걸까?

그 질문엔 여전히 답할 수가 없었다. 다만 내가 아는 건 악어나 펭귄이나 고래도 아닌 사람이 2년 동안 물에 머무를 순 없다는 것뿐, 그러나 그것이 결코 정확한 답은 아니라는 것뿐. 내가 들은 사건은 지후와 주미에게 들은 게 전부이니까. 실제

217

사건은, 아니 이야기는 그와는 전혀 다를 수 있으니까. 무엇보다도 지후와 주미 또한 문혁에 대해 잘 모르는 건 분명했으니까. 이야기의 일부, 아니 상당 부분은 유실되어 사라진 게 분명해 보였으니까. 그들 스스로가 어떻게 생각하건 간에. 한 가지 만큼은 확실했다. 지후는 시종 사라졌다는 말을 썼고, 주미는 죽었다는 말을 썼다는 것. 무슨 의미냐고? 그런 건 없다. 주미 말대로 백 퍼센트가 아니라면 진실은 아니니까. 그런데 백 퍼센트는 지상에 존재하지 않으니까. 무슨 말인가 하면 그냥 그렇다는 것이다.

지후가 말했다. 오늘을 벼르고 별렀는데 얻은 게 없네. 오래 듣지 못한 말을, 기다리고 기다리던 말을 드디어 들었는데 듣기 전보다 더 모르게 됐네. 나는 빛을 원했는데 돌아온 건 어둠뿐이네. 공을 정확히 맞혔는데 그 공은 날아가지 않고 포수 미트에 꽂혀 있는 격이지.

그건 사실이었다. 오늘 하루 많은 말들을 들었고, 이 집에 들어온 후로도 여러 말들을 들었으며 듣는 동안엔 그렇구나, 그런 일이었겠구나, 고개를 가끔 끄덕거리기도 했지만 막상 돌이켜보니 들은 게 별로 없다는 생각이 들었다. 무언가를 알게 되었다고 잠깐 느끼기도 했으나 막상 지금은 아는 게 전혀 없다는 생각이 들었다. 왜 그런 건지 설명하기는 어렵다. 아마도

오늘은 죽음의 날입니다

내 이해력이 떨어지기 때문이겠지. 내겐 너무 먼 나라의 이야기이기도 했고. 이를 테면 꼭 멕시코의 피라미드 같은. 고구려의 돌무덤보다 몇 배는 더 멀고 낯선. 물론 죽음의 날을 알았던 지후는 나와는 좀 다르겠지만. 그렇긴 해도 지후 역시 필요한 만큼 많이 아는 것은 아닌. 어쩌면 주미조차 실은 아무것도 알지 못했을 수도 있는. 우리 앞에 나타났다 사라져 버린 말들. 그 속에 숨었던 의미들. 가루가 되어 버린 것들. 셀 수 없이 많은 종류의 이야기들. 구십구 퍼센트의 진실. 그건 결국 이야기는 이야기뿐이라는 것. 우리가 알 수 있는 건 아무것도 없다는 것. 우리가 댈러웨이 부인을 읽고 젊은 예술가의 초상을 읽어도 버지니아 울프나 제임스 조이스에 대한 지식은 조금도 늘지 않는 것처럼. 물론 이건 그저 나만의 어리석은 생각. 난 헥토르도 작가도 아니니까.

지후는 자리에서 일어나더니 주위를 두리번거려 나뭇가지 두 개를 집어 들었다. 내가 야구 방망이로 쓰기 위해 찾았던 것보다는 조금 짧고 굵은 것들이었다. 지후는 나뭇가지를 손에 든 채 유니폼을 보았고 나는 지후의 마음을 읽었다. 곁에 다가선 내게 지후는 나뭇가지를 건넸고 나는 나뭇가지를 집게처럼 사용해 유니폼을 집었다. 후회하지 않겠니?

혜연의 말에 유니폼을 잠시 바라보던 지후는 결정한 듯 라이터를 꺼냈다. 라이터를 몇 차례 켰다 껐다를 반복하다가 유니폼 하단에 라이터를 댔다. 검은 연기가 났다. 머리카락이나 종이 타는 냄새도 났다. 분명 몸에 좋지 않을 것이다. 태초부터 예정된 내 수명은 최소 삼 분 이상 단축되었을 것이다. 나는 연기도 냄새도 피하지 않았다. 이 순간 내가 견뎌야 할 유일한 지옥 불인 것처럼 눈을 크게 뜨고 연기와 냄새에 맞섰다. 유니폼은 검은 물체로 변해 갔고 마늘 냄새가 났다. 어디선가 맡아본 익숙한 냄새, 호감과는 거리가 먼. 그러나 나는 냄새 전문가가 아니었다. 유니폼의 어떤 성분이 비호감의 마늘 냄새를 만들어 내는 것인지 나는 몰랐다. 사실 내가 모르는 건 냄새만은 아니었다. 나는 아빠도 몰랐고 지후도 몰랐고 혜연과 주미는 더더욱 몰랐고 문혁은 아예 유령이었다. 친구도 몰랐고 학교도 몰랐고 가족도 몰랐고 세상도 몰랐고 죽음도 몰랐고 삶도 몰랐고 야구도 몰랐고 이종 격투기도 몰랐고 내가 누구인지, 내가 어디에 있는 건지도 몰랐다. 나는 내 삶의 이야기에 완벽하게 무지했다. 그 이야기가 어떤 종류이건 간에. 지후는 검은 물체로 변한 유니폼을 나뭇가지와 함께 바닥에 내려놓았다. 변해 버린 유니폼을 한참 바라보던 지후는 유니폼의 흔적을 연못에 던졌다. 안 그래도 검었던 연못은 유니폼을 흡수해 더 완벽하게 검어졌다, 혹은 그렇게 보였다. 어둠에 어둠을 더

오늘은 죽음의 날입니다

하는 것. 죽음에 죽음을 더하는 것. 의미가 있을까? 하지만 유니폼은 재가 된 건 아니었고 연못 또한 완전히 죽은 건 아니었다. 아마도 봄이 되면 연못에도 생명의 흔적이 나타날 것이었다. 심지도 않은 꽃이, 키우지도 않은 벌레와 때 이르게 떨어진 푸른 잎들, 그밖에 이름 모를 온갖 존재들이 유니폼 주위를 조심스레, 혹은 부산하게 감쌀 것이다. 지후와 문혁의 미래는, 아니 지훈, 그리고 어쩌면 문혁의 미래는 회수되었다. 그 이후의 일은 나는 모른다. 나는 내 몫의 일을 다했다. 나는 소설을 읽는 사람이지 이야기를 쓰는 사람이 아니다. 어쩌면 나는 헥토르일지도 모른다. 하지만 나는 결코 호메로스는 못 된다. 혜연은 나를 과대평가했다. 지후가 말했다. 돌아가자.

발걸음을 돌리려는 순간 바람이 불었고 주미가 물었다. 꽃무릇은 어떻게 알았지?

지후는 주미의 말을 못 들은 척 무시했고 주미는 다시 물었다. 꽃무릇은 어떻게 알았냐고 묻잖아. 너희들이 야구를 하던 시절에 꽃무릇에 관해 이야기를 나눴을 것 같지는 않아. 선운사의 꽃무릇은 어떻게 알았지?

그런 말을… 주고받기는 했어.

거짓말.

거짓말이라니 그게 무슨… 난 괜한 호들갑을 떠는 너와는 달라.

문혁이가 유서를 남겼니?

지후가 아무 말도 하지 않자 주미는 다시 물었다.

문혁이 방에서 뭔가를 찾기라도 했니?

그건 아냐.

그럼 뭐지?

내가 너에게 말해야 할 이유는 없어.

마지막 날 문혁이를 만났지?

더 할 말은 없어.

나에게도 질문할 권리가 있어.

과연 그럴까?

나를 만나고 돌아간 문혁이가 그 다음에 어디를 갔을지 생
각했어. 분명 너를 만났을 거야.

이제 그만.

왜 대답을 안 하니?

그만.

지후는 고개를 크게 젓고 목소리에 힘을 주었다. 오늘 일정
은 모두 끝났어. 난 더 이상 주재자가 아니야.

밖으로 나오기 전에 나는 불 켜진 방에서 커튼이 날리는 것,
그리고 그 뒤에 선 검은 그림자를 보았다. 그림자는 금세 사라

졌다. 어쩌면 내가 본 건 실은 그림자가 아닐 수도 있었다. 그림자건 사람이건 바람이건 영혼이건 무너진 돌 더미이건 달라질 것은 없다. 지후에겐 아무 말도 하지 않기로 결심한 순간 불이 깜빡거렸고 혜연이 내 귀에 속삭였다. 비밀 하나 알려 줄까? 유니폼은 결코 불타지 않는 법이야. 소설가이자 야구 선수였던 우리 아빠의 말이니까 믿어도 좋아.

19.

　우리는 평지보다는 험난했으나 이미 지나왔던 관문에 비하면 그리 대단하다고 보기는 어려운 새 내리막길과 오르막길을 번갈아 걸었다. 길지 않은 여정과 오랜 침묵 끝에 도착한 곳은 처음에 건넜던 돌다리였다. 예상하지 못했던, 비범하고 통속적인 순환의 길. 우리 중 누군가가 묻고 누군가가 대답했다. 돌을 던지지 않아도 될까? 그건 입장할 때의 의식이니 지금은 필요 없지. 고개 숙이고 묵묵히 지나가면 끝이야.

　주저 없이 다리를 건넜다. 우리의 머릿속에 얼마 전에 보았던 영화의 한 장면이 떠올랐다. 다리를 건너기 전 큰절을 하던 어떤 여인. 마치 다리가 살아 있는 존재이기라도 한 것처럼. 여배우 흉내는 내지 않기로 했다. 여배우는 주인공이고 예뻤

　　　　　　　　　　　　　　오늘은 죽음의 날입니다

다. 우리는 새내기 중학생들처럼 잡은 손을 살짝 흔들며 다리를 건넜다. 건너는 동안 아무런 일도 일어나지 않았다. 어쩌면 언급할 필요조차 없는 일. 다리는 그저 건축물일 뿐이니까. 심장이 뛰고 피가 흐르는 건, 지나간 과거를 기억하고 미래를 꿈꾸는 건, 우리가 아직 살아 있는 인간들이기 때문이다. 우리는 서로의 손을 조금 세게 잡았다. 이상할 건 하나도 없어. 그저 잡은 손이 조금 따뜻할 뿐. 우리의 마음이 하나이건, 아홉이건 전혀 상관도 없고. 설령 그것이 고양이의 마음이건, 개의 마음이건, 쥐의 마음이건.

횡단보도 옆엔 편의점이 있었다. 기이하고 당연한 순환의 이치로 출발 때는 아예 보이지도 않았던 곳. 갑자기 배가 고파졌다. 우리는 만난 이후로 아무것도 먹지 않았다. 세상에 호기심을 지닌, 아직 어린 인간들답게 여행에 지나치게 몰두했던 것. 뭐 좀 먹고 갈까?

우리는 햄에그 샌드위치를 골랐고, 컵라면을 골랐고, 커피우유를 골랐다. 가게 구석에 서서 서로가 고른 음식들을 나눠 먹으며 해롭지 않은 이야기를 나누었다. 이를테면 오늘의 날씨, 계란을 먹는 방법, 좋아하는 영화, 싫어하는 과목 같은 것들. 누군가 말했다. 꼭 댈러웨이 부인이 된 것 같아. 아는 이들을 모두 초대해 파티를 열었던 댈러웨이 부인. 편의점은 런던

상류층이 거주하는 호화로운 집도 아니었고 우리가 먹는 건 파티를 위해 만들어진 특별한 음식도 아니었다. 그럼에도 형광등과 엘이디 등이 경쟁하듯 환히 켜진 편의점은 작은 연회장 같았다. 떨어진 나뭇잎 하나, 먼지 하나조차도 다시 살아나 숨 쉬는 공간 같았다. 우리는 비밀을 말하듯 서로의 귀에 대고 새처럼 속삭였다. 언어의 그늘 같아.

언어의 그늘, 우리 중 누군가가 말하길 프로이트를 과학의 영역에서 추방시켰던 매정한 교수가 알려 준 이론이라 했다. 과거에 있었던 어떤 사건을 말로 표현하고 나면 표현되지 않는 나머지 것들, 이를테면 감정, 냄새, 소리, 무의식 등은 언어 너머 그늘로 사라진다는 의미였다. 과학이라 했지만 비과학처럼 들리는 이론. 교수가 싫어했던 프로이트를 꼭 닮은, 제임스 조이스나 버지니아 울프가 쓴 소설의 한 장면 같은 이론. 우리는 한마음으로 소설과 이야기와 심리학과 과학을 모르는 교수를 비웃었다. 그렇다고 다 사라지는 건 아니야. 그늘의 품은 우리 생각보다 훨씬 크고 넓으니까. 다만 어둠에 꼭 안겨서 밖에서는 보이지 않을 뿐이지. 말해지지 않은 이야기, 흩어진 이야기도 동굴 속에서 언젠가는 깨어나기를 기다리며 깊이 잠들어 있을 뿐이고.

우리는 고개를 끄덕였고, 편의점 밖으로 나왔다. 웃으며 하

오늘은 죽음의 날입니다

늘을 가리켰다. 드디어 달이 보이네.

마침내 달이 두터운 구름을 뚫고 처음으로 제 얼굴을 드러냈다. 달은 반달이었고 우리는 살아 있어 예뻤다. 달은 우리의 마음을 비추었고, 각자의 심장을 향해 질문을 던지게 만들었다. 오늘 우리가 나눈 말은 어느 정도의 진실을 담고 있을까? 구십구 퍼센트의 진실은 과연 진실일까? 그것과 오십 퍼센트의 진실, 혹은 십 퍼센트의 진실은 어떻게 다를까? 진짜가 아닌 건 다 사이비가 아닐까? 진실과 허위, 진짜와 사이비의 경계는 어디에 있을까? 이야기는 어디에서 만들어지고 사라지는 걸까? 삶은 과학일까, 심리학일까? 무의미한 질문. 우리 말곤 결코 알 수 없는 질문. 어쩌면 우리도 잘 모를 질문. 소크라테스나 공자 같은 위대한 성인들도 해결할 수 없는 질문. 어쩌면 신의 아들 예수와 삶과 죽음의 달인 부처조차도 확답할 수는 없는. 그러므로 결국은 언어의 또 다른 그늘인. 우리는 아이들처럼 소리를 높였다. 반달이다.

흰 종이에 아주 먼 나라 이야기를 했지.

죽음이란 글자를 써 보았네.

한참 바라보다 종이를 찢어 버렸네.

밖엔 달이 더 밝아 보였네.

우리는 알았다. 실은 우리 모두가 오래전부터 알았던, 향가보다도 더 늙고 주름진 노래였다는 것을. 속으로 조용히 노래를 따라 불렀다. 노래는 주술이었고, 효험이 있었다. 이제 우리는 월명사였다. 우리의 공력으로 달이 조금 더 밝아졌다. 오늘따라 욕심이 무척 많고 포악한 구름은 다시 달을 가리겠지만 지금은 걱정을 접어 놓은 채 온전한 달을 즐길 시간. 횡단보도 건너편 성현역을 보며 우리는 함께 결심했다. 죽은 개를 구해서 집으로 돌아가야겠다. 죽은 개와 똑같은 종류의 개를, 똑같은 나이의 개를. 구할 수 없다면 어린 개를, 갓 태어난 살아 있는 어린 개를. 어쩌면 고양이가 더 나을 것 같아. 아홉 번 살고 죽는 어리고 늙은, 검으면서 흰 고양이를.

성현역은 바벨탑처럼 환히 빛났고, 계단 보수 공사는 아직 끝나지 않았으며, 역 주위에서는 꽃무릇을 닮은 마늘 냄새가 났다. 어디선가 오토바이의 굉음이 들렸다. 4554라는 번호를 단 오토바이는 이미 오래전에 사라진 머스탱과 다시 한 번 부딪혔다. 우리는 교실 안 유리창이 깨지던 날을 떠올렸다. 빛나는 유리조각을 보며 새로운 깨달음을 얻었다. 우리 중 누군가의 사라진 아버지는 실은 이미 오래전에 세상을 떠났다는 사실을. 야간경비원이 정말로 되고 싶어.

우리는 고개를 끄덕였고, 동시에 덧붙였다. 수염은 꼭 기르도록 해.

그래야 할까?

그래야만 해.

우리 내일 다시 만날까?

이유는?

오늘 우리는 땅을 더 깊이 팠어야 했다는 생각이 자꾸만 들어.

이유는?

과거는 우리 생각보다 훨씬 더 단단하거든.

깊이 파면 뭐가 더 나올까? 유니폼이 거기에 정말 있을까?
이야기도 숨어 있을까?

파 보기 전엔 모르겠지, 고고학자처럼.

그러니까 우린 고고학자다?

어떤 면에선.

내일은 삽을 준비해야겠네.

그럼 더 좋겠지, 튼튼하고 예쁜, 꽃무릇을 닮은 매끈한 삽을.

한 권의 노트도. 발굴된 이야기들도 흐트러지지 않게 담아
야 하니까.

보이지 않는 오토바이의 굉음이 멀리서 들려왔다. 우리는
귀를 기울였다. 둔중한 기계가 톨레도, 외치며 강물에 몸을 던

지는 소리가 이어졌다. 우리는 모두 그 굉음과 소리를 들었다. 장엄한 소멸이었으나 아무도 입을 열지 않았다. 살아 숨 쉬는 우리는 그저 돌무덤처럼 단단하고 어두운 땅에 두 발로 균형을 잡고 서서 성현역의 영원히 꺼지지 않는 지옥 불을 닮은 차갑고 따뜻한, 그래서 우리 같은 불빛만 오래 또 오래 바라보았을 뿐.

작가의 말

중학교 때부터 늘 갖고 있던 의문이 하나 있었다. 이 소설은 이번에는 꼭 그 의문을 풀겠다는 굳센 의도를 갖고 쓴 것이다. 물론 의문은 풀리지 않았다. 그러기에 내 머리는 여전히 작았고 재주는 일관되게 부족했다. 결국 늘 그랬듯 또다시 훗날을 기약하는 수밖에는 없겠다.

인용된 노래는 소년들이 아끼고 사랑했던 산울림의 〈먼 나라 이야기〉임을 밝힌다.